# 多情所感

やさしさが置き去りにされた時代に

キム・ホンビ
小山内園子 訳

白水社

# 多情所感——やさしさが置き去りにされた時代に

# 多情所感——やさしさが置き去りにされた時代に

目次

第一部

## 海苔刷毛置き、みたいな文が書きたい

## 第二部　ひとつの季節を越えさせてくれた

装幀　天野昌樹
装画・挿絵　木下ようすけ

# 日本の読者のみなさんへ

こんにちは。エッセイを書いているキム・ホンビです。初めて日本の読者のみなさんに、こんなふうに直接ご挨拶できるかと思うと、とてもおののき、緊張して「あせあせ」していますが（去年日本の友達から教わった表現なんですが、この使い方で合っていますか……？　その時一緒に教わったのが「KP〔「ケーピー」、乾杯を意味するネット用語〕」という言葉で、ちょっと前に会社の仕事で日本の方とビールをご一緒した際、「KP！」を使ったところ、笑いまじりのダメ出しをされたため、今回もなんとなく不安ではありますが、一度使ってみます）、この本をお読みくださるみなさんに、まずは大きな感謝と、大きな喜びをお伝えしたいと思います。四年半の間に四冊の本を書き、多くのイベントで読者の方とお目にかかりましたが、相変わらず「読者」という存在がいることが、信じられないくらい不思議に思える私にとって、「日本の読者」がどれほどファンタジーめいた存在であることか。ごくたまに、インスタグラムでメッセージをくださるありがたい読者の方もいらっしゃいましたが、オンラインの外の世界で、肉体を持った日本の読者の方と会ったことがないから、余計そうなのかもしれません。

実は、日本に行く機会が一度、あることはありました。二〇二一年の四月に、最初の本『女の答えはピッチにある――女子サッカーが私に教えてくれたこと』で、光栄にも日本の〈サッカー本大賞〉を受賞したのですが（バロンドールと芥川賞が合体したようなカッコよくてユニークな賞をいただけて、本当にうれしかったです）、コロナ禍なので授賞式はオンラインでの開催となり、自宅から参加せざるを得ず、残念でした。その時の受賞の感想でもお話ししたのですが、私は十代の頃J-POPにすっかりハマったのをきっかけに、日本映画、日本文学に大きな影響を受けて育ち、（今でも、一番好きな休日スタイルは日本のミステリー小説のまとめ読みですし、世界で一番おいしいお菓子はGateau Ruskだと思っています）、なので外国で仕事をするチャンスが来た時は二回連続で日本を選び、一年余り暮らしたりもしました。この本にも、日本に住んでいた時の話がちらっと登場していますが、いずれも、とても幸せな時間でした。残業の後に日本の友達とどやどや押しかけて楽しく過ごしたレストラン「デニーズ」とあわせ、今に至るまでずっと覚えている場所は、新宿に行くたびに立ち寄っていた大型書店です。読めなくても、ありとあらゆる日本語に囲まれた状態で、この本、あの本と眺めていると、五、六時間があっという間に過ぎていました。たまたま日本の友達と一緒の時は、私は本を、友達はケツメイシやゆずといった、私に聴かせたいと思う日本の曲が入ったアルバムを、お互いにプレゼントしあったりしました（その時よく聴いた『いつか』は、いまだに最初から最後まで空《そら》で歌える唯一の日本の曲です）。今でも、書店までの道や、入口や、よく訪れた売り場の平台や棚を思うとじーんとして、胸がときめきでいっぱいになります。そして、そのどこかに、ひょっとしたらこの本も置かれるかもしれないと想像して、少し涙が出そうになります。ウキウキと二十回くらい宙がえりできそうな気分です。この本を日本の書店の一角に置けるようにしてくださった小山内園子さんと白水社に、深くお礼を申し上げます。そして、この本を手に取ってページをめくってくださった読者のみなさんにももう一度、さっきお伝えしたよりもっと大きな感謝を捧げます。

文章を書くというのは結局のところ、記憶と時間と思考を、紙の上に凍りつけることなのだと思います。この本に一つずつ凍りつけておいたやさしさが、読まれる方の心の中でうまく溶けだしますように。

二〇二二年十二月

キム・ホンビ

第一部

# 海苔刷毛置き、みたいな文が書きたい

# 旅に正解はありますか

旅に出る前からインターネット上の各種旅行記をマメにチェックする人がいる一方、旅から戻ってはじめて、本格的にネットサーフィンが始まる人もいる。私がそうだ。いまだ帰宅できず、依然として旅先にとどまったままの心をちゃんと探し出して連れ戻すためだし、同じ場所で他の人がどんな経験をしたか気になるからでもある。そんなふうに、ときどき旅行記を片っ端からチェックして読んでいると、実際に旅先で見かけた人のものをたまに発見したりもする。ルーブル美術館で、すれ違うかのように出会ったAのブログみたいに。

ルーブル美術館で最も混雑する二か所といえば、断然《モナリザ》と《ミロのヴィーナス》の前だろう。特に「モナリザ」の前は、世界各国の人々がミルフィーユ鍋のように幾重にも取り囲んでいるから、その中に混じるのにはやや覚悟が必要だった。結構な時間をかけてやっと最前列にたどり着いた頃には、モナリザに対する感動は鍋の中の野菜みたいにくたくたになっていたが、でも、そういう人口密度マックス状態を経験してみると、（絵画より彫刻のほうが好き、という自分の好みも働いていただろうが）、相対的に人口密度が低いヴィーナス像の前では、人ごみの中でも彫刻を楽しむ余裕さえ生まれた。

Aを見たのはそこでだった。彼は、私の後ろのどこかにいた韓国人四人組の一人だった。実は美術館で韓国人を見かけるのは、それほど特別なことではない。彼らの他にもすでに私の前と横に、たくさんの韓国人がいた。中でも一番目を引いたのは、「○○商店会」と書かれたTシャツをおそろいで着こんだ、推定年齢五十、六十代とみられる中年の観光客の一団だった。二十人ぐらいだろうか。ちょうど自分の前にいたこともあってなんとなく目がいったが、それはAも同じだったらしい。Aのルーブル美術館旅行記の主な登場人物が、まさに彼らだった。

Aは彼らについて二段落にわたって書いていた。一段落目が彼らの「生態描写」なら、二段落目は、彼らに代表される「中年ツアー団体観光客の生態描写」だった。Aは、芸術のことを何も知らず、特に知りたいとも思っていない人がルーブルを混雑させることを嘆き、何もわからないまま「有名な作品の前で一枚ずつ写真を撮るのがせいぜいの人たち」の文化的荒廃を嘆き、何もわかっていない人にとっては美術館なんてうんざりな空間だったろうと、ルーブルと彼らの間違った出会い*を嘆いていた。彼らの団体Tシャツにも嘆いていた。嘆いた末に下された結論は、「そういう人たち」は美術館に来ないでほしい、というものだった（興味深いのは、たまたま見たブログが彼のものだと一発でわかるくらい、A本人も「有名な作品の前で一枚ずつ撮った」写真をアップしていたことだ)。

「嘆きマンA」の文章を読んでいるあいだ、本当に彼と私が同じ場所で、同じ人々を目撃したことに間違いないのだろうかと首を傾げ、困惑した。Aと私の認識の違いは、その人たちとの物理的な距離によるものかもしれなかった。彼より私のほうが近くにいたのだ。そのせいで私の耳には、彼らがそっとささやきあう会話がときおり聞こえてきた。「これが、かの有名な彫刻像だ」とヴィーナス像について抑えた声で説明する人、「おっ、そうなの?　お前って賢いなあ、なあ?」としきりにうなずきながら傾聴する人、ついさっき撮ったモナリザの写真を眺めて「なんと、俺ら、本当にモナリザ見てるよ」とひたすら不思議がる人、「絵を見るのが初めてだからかな、正直、モナリザのどこがいいかわかんないわ。ちっちゃいし」と首をひねる人、「ところでモナリザってさ、あそこんちの長女にちょっと似てなかった?」という発言に、声を殺して忍び笑いする人、で構成されるグループは、どこかほほえましかった。しばらくしてヴィーナス像の前に到着すると、一番近くにいた韓国人の私に、写真を撮ってくれと言った。肩の上にヴィーナス像が乗っている感じで、何枚か撮ってあげた。

そこで終わりと思った縁は、もう一幕あった。その日の夜、ゲストハウスの前の広場でビールを飲んでいる彼らと偶然出くわしたのだ。私と目があった集団の一人がうれしそうに声を上

＊『間違った出会い』は、95年にキム・ゴンモが歌った大ヒット曲。友人に恋人を奪われ「あってはならない出会いだった」と嘆く歌詞になっている。

げ（誰かが「あっ、ルーブル姉《オンニ》さんだ！」と大声で呼んだのをきっかけに、私はその席でずっと「ルーブル姉さん」と呼ばれていた）、私も特に遠慮することもなく自然に加わり、ビールを一杯おごってもらった。一時間足らずで、彼らについていくつかのことがわかった。ほとんどの人に私と同年代の子どもがいて、多くが初めての海外旅行で、それぞれ異なる業種で長年商売をしてきただけあって、それぞれ異なる濃いキャラだけれど、その根底を流れているのは連帯感だった。

中でも一番個性的だったのは、二十年以上花屋を営んできたという女性グループのリーダー格らしき人物だった。彼女は、私が撮った画像を見せるとサッとスワイプしながら、色とりどりの花が一カ所に集まって咲く姿があまりに美しくて一生懸命撮影した、とある庭園での画像で指を止めた。そして「これは何という花、それは何という花」と、一つひとつ教えてくれた。生まれて初めて聞く花の名前もあって、私はいつも持ち歩いているメモ帳にいくつかを書きとめた。「さっすが、花屋の社長は違うねぇ！」という隣の人の声に、「花屋だからってみんな知ってるわけじゃないよ、こういうのだって全部センスがなきゃダメなんだし、勉強もたくさんしなきゃならないんだから！」と自信たっぷりに付け加える。スケジュールがハードすぎて一つの国で十分ゆっくりできないのが悔しいのか、何年かしたら必ずまた来ると言い、「帰国したら、一億本は花を売らなくっちゃ！」と豪快に意気込みを語って席を立った。「旅行、楽しんでくださいい」「ルーブル姉さんも元気でね」。短時間だが強烈な出会い、そしてあっさりした別れの挨拶だった。

Aのブログには、ずいぶんとたくさんのコメントが書き込まれていた。Aが言っている「そういう人たち」がどういう感じか、見なくてもわかるという断言。「そういう人たち」についての、似たような目撃談。ひたすら多くひたすら長いそれらのコメントを読んでいると、ロンドンの大英博物館から台北の故宮博物院まで、「団体観光客」が押しかけてきて全世界に巻き起こす悲嘆の量で、悲嘆火力発電所の三、四か所は軽く運転させられそうな勢いだった。その中に騒音や割り込みのせいで直接迷惑をこうむったケースは皆無に近いのに、あいかわらず多くの人が、「それでなくても混み合う美術館に〈そういう人たち〉は来ないでほしい」という趣旨のコメントを、ためらうことなく書きこんでいた。特に、旅行会社のガイドの旗のもと集まる中年団体観光客は、「そういう人たち」に自動的に含まれるようだった。「旗部隊」という蔑称があるくらいなのだ。ハーッ、まったく。東学革命*が起きた国で、旗のもとに集まる人々の地位は、いつからこんなに低下したのか。

同じ現場にいた者として、はっきりさせておきたい。あの人たちは、他の人の観覧を邪魔するぐらいうるさかったか？　いや、そんなことはなかった。Aとその仲間も、周りの他の人々も、あの人たちと似たようなデシベルでちょいちょい話していた。そして、あの人たちは秩序

＊　甲午農民戦争のこと。東学教徒が「斥倭斥洋」（日本や西洋を追い払え）の旗を掲げて蜂起した。

を乱していたか？　まったくそんなことはなかった。Ａでさえ、彼らに「不愉快な思いをした」とは書いていない。じゃあ何が問題だったのか。結局、「芸術に造詣があって楽しめるワタシ」の快適な観覧に、そうでない（と、なんとなくその人が勝手に予想している）人々がムダに押しかけてきたと、不満だったんじゃないんだろうか。

中年、団体、ツアー旅行。この三つが結びついて生まれる、ある種の偏見。「旅行マウント」と「芸術マウント」が二重にもたらす、ある種の傲慢。そこには、下の世代に比べて博物館や美術館での展示を身近に鑑賞する文化を経験する機会に恵まれず、だから芸術に関心を持って自分の趣向というものを育てる環境にもなく、今のように旅行が一般的になる前に若い時代を過ごして、だから旅行に必要な複雑な手続きが築き上げる心理的バリアを「ツアー旅行」という形式で乗り越えようとする、その世代への理解が何もなかった（同じ中年でも、経験値や感受性は人それぞれ、ということが考慮されていないのはもちろんだ）。何も知らない小さい子どもたちが美術館に行くのは「経験」を積むことだと受け入れ、子どもたちがすぐに飽きて大した興味を抱けなくても、そういう経験の先にフィードバックされる「何か」を待ってあげられるのに、五、六十代の中年がようやく隊列を組んで博物館や美術館に行くのは、「単にツアー日程に組み込まれているから、考えなしに」「有名だと聞いて」「その前で写真でも撮ろうと」だと、安易に決めつけていた。彼らには、積み重ねる「経験」も、未来の「何か」も存在しないかのように。

遠くから観察していたら、実は私も、単純にそう思って通り過ぎたかもしれない。偏見につながりそうないくつかのキーワードで集団が「ひとまとめ」にされてしまうと、その中にもそれぞれ異なる感情や事情、避けられない背景や限界を抱えた個々人がいることを、イメージしづらくなるから。おまけに、実際「そういう人たち」によって秩序が乱され、迷惑をこうむったという事例までが加わると、「そうでない人たち」までもが「そういう人たち」にひとくくりにされやすい。

だが、少し近くでのぞきこんだ「ひとまとめ」の世界の中身は、そんなに単純なものではなかった。長年待ちわびた海外旅行、という大きな感激があり、かの有名な「モナリザ」を直接見たという興奮があり、「モナリザ」で誰かの娘が頭に浮かんで盛り上がるという共有された爆笑があった。「モナリザ」はイマイチという、何かのきっかけになりそうな、ささやかな趣向がはじめて生まれた素敵な一瞬もあった。「ミロのヴィーナス」について事前に勉強してきて、そっと友人に教えてあげる人もいれば、名前も種類も知らず、ただ「きれいな花」だと思って撮影した私の画像を見て、一つひとつ花の名前を説明してくれる「花博士」もいた。あの花博士は、「花について何もわかってないくせに、ただきれいだからと写真を一枚撮るのがせいぜい」と、私を無視したりはしなかった。それぞれのやり方で、旅行の一瞬一瞬を通り過ぎている最中だった。彼らも、私も。

その後も、ブログ、本、雑誌、SNSなどで目にした無数の旅行記で、さまざまなタイプの

「嘆きマン」に出会った。特に旅行の分野で「そういうのは間違いですっ」と、正解の答案用紙を手に声を張り上げる人が多かった。嘆きの対象は中年の団体観光客だけではない。性別年齢お構いなし、誰もが対象になりうる。Ａが言う「そういう人たち」は、「スイカの皮舐め*式ツアー旅行をして帰っていく人たち」「旅行に来てまでスマートフォンが手放せない近頃の人たち」「ネット情報ばかりに頼って、地元住民が見向きもしない観光客用レストランに何も考えず並ぶ人たち」「歴史的名所には無関心で、ショッピングだけしていく人たち」などにひっきりなしに変奏され、旅行記のあちらこちらに登場していた。

いやあ、それじゃダメなんですかね。どうせ旅先に何か月も暮らすわけじゃない以上、誰だってスイカの中身は食べつくせないわけで、ただスイカの皮だけ楽しく舐めて帰ってくるのでは、ダメなんだろうか。ＳＮＳはしばらく遮断して静かに旅をあじわうという楽しみと、その都度ＳＮＳ上の友人と旅の瞬間を活発に共有するのは、まるきり違う楽しみなのに。何もわからず、ただ行ってみたかった場所で、食べたかったものを食べて帰ってきたら、いけないんだろうか。それでおいしくなければ、その経験は失敗なのか。花のことを何もわからず庭園の写真を撮ること、芸術について何もわからず美術館に行くことはどうだろう。「有名スポットで写真を一枚ずつ撮って帰るのがせいぜいの旅行」はどうだろう？　他人によりよい体験をしてほしいと心から願ってアドバイスすることと、むやみやたらと冷笑や蔑視をあびせることは、明らかに違う。「この世の光を観よう」というのが「観光」なら、経験をランクづけしてプレッシャーをかけあうより、それぞれが持つ自分とは異なる光にも、目を開いたほうがよくはないか。

つい昨日も、そういう嘆きがチラッと含まれた旅行記を一つ見かけ、久しぶりにAの書いたものが頭に浮かんだ。文章の中でのあの人たちのひどい書かれっぷりを、ただやるせない気持ちで読むだけだったことがあらためて悔しく、いまさらながら誤解を解きたいと書き始めた。ルーブル姉さんが七年ぶりに、ビールの借りをほんの少しだけ、お返ししている。

＊　味のしないスイカの皮だけ舐めて味を知った気になるように、うわべだけで物事を知った気になることをさす、韓国の慣用句。

# 逆さま人間たち

サッカーをしに行こうとすれば、バスを乗り換えざるを得ない。家の近くで私をピックアップして走るAバスと、サッカー場付近で私を降ろしてくれるBバスの関係について長く悩んだ結果、いくつかの仮説を立てるに至った。両者は、道の真ん中での接触事故以来、大きなしこりが残る不倶戴天の敵とか、駐車場の片隅で世紀の恋を繰り広げたものの、泣く泣く別れた恋人同士とか、バスを覆う色をパッとはぎ取れば、傷痕までもが同じ場所にあるドッペルゲンガー〔自分とそっくりの分身。「死を前にすると現れる」「見てしまうと死ぬ」などの説がある〕とか。

いずれにせよ、決して一つの空間で出くわしてはいけない関係なのは明らかだ。でなきゃ一年以上、これほど毎回毎回、Aバスがバス停に到着するやいなやBバスが脱兎のごとく大慌てで走り去ってしまう理由に説明がつかない。それも、一度乗り損ねたら二十分は待たなければならないバスが、だ。家から早く出ることは出ても、バス同士のこんなわけのわからない個人

的事情のせいで、到着はいつもトレーニングの開始ギリギリの一、二分前である。私だっても
う少し早く来て体をほぐしたいし、「逆さま人間たち」にも会いたいのに。
逆さま人間たちと初めて会ったのは、女子サッカーチームに入団して三か月ほど経った頃だ
った。今とは別の町に暮らしていた当時も、今と同じでバスを乗り換えなければならなかった
が（あのとき家から利用していたCバスとBバスの関係は、わりとうまくいっているほうだった）、
その日は、Cバスから降りるやいなや到着したばかりのBバスにすぐに乗れるという幸運のお
かげで、普段より四十分ほど早くサッカー場に着いた。
静寂が流れる中でしばらく一人きりなんだろうと思っていたが、とんでもない。早朝でも、
サッカー場のあたりは騒がしいくらい活気があった。同じユニフォームに身を包んだ見覚えの
ある顔があちらこちらに散らばり、サッカー場の外に設置された器具で体を動かしていたのだ。
私の知らない間に、いつもみんなこうやって早めに来ては個人トレーニングをしてたんだー。
メンバーの真面目さにあらためて驚き、舌を巻いた瞬間、私の名を呼ぶ声がした。
「あっ？　ホンビだ」
その声に、トレーニングに余念がなかった他のメンバーたちも一斉に振り向いた。
「どしたの、今日早いねえ！」
「いいねえ、あんたも一緒に体ほぐそうよ」
あれこれ言葉をかけながらほがらかに出迎えてくれるメンバーたちと挨拶を交わすものの、

当の第一声の主は見当たらない。どこから呼んでたんだろう？　しきりにサッカー場の周りをキョロキョロと見回した。そして発見した。ちょっと離れた場所にいる、逆さま人間たちを。遠くからでも見られているのに気がついたのか、逆さま人間たちは私に向かって手を振った。うちのチームの、五十歳になったばかりの先輩、もうすぐ五十歳になる先輩、四捨五入すると五十歳になる先輩からなるトリオが、隅のほうの鉄棒に膝をひっかけたまま、逆さまにぶら下がっていた。黒いジャージ姿で並んでそうしていると、まるでコウモリ人間三匹みたいだった。

以前、どこでだったか（おそらく会社の前の食堂の、一日中つけっぱなしになっているチャンネルの健康情報番組だったはず）、逆さまにぶら下がるのは血液の循環を助け、脊椎のストレッチ効果を生み、臓器の健康にもいいと耳にしたことがある。そのせいか最近ではスポーツジムだけでなく家庭でも、別名「逆さぶら下がり健康器」と呼ばれる運動器具に体を預け、一定時間、逆さまになっている人をよく見かける。息が上がるくらい走るとか、筋肉痛の焼けるような痛みに耐えるとか、雨にそぼ濡れるみたいに汗まみれになることもなく、ただシーソー状のマットに横たわり、逆立ちみたいに頭を下にしてぶら下がっているだけでも体にいいことをした気になるという手軽さが受けてはいるが（言ってみれば「寝ながら餅を食べる（「朝飯前」を意味する慣用句）」ならぬ「寝ながら薬を飲む」みたいな感じじゃないか）、とはいえ、その手軽さが逆にうさんくさくもあって、頻繁に利用されているわけではない（実際、眼圧を上げるとか、脊椎に負担をかけることもあるらしいので注意しよう）。

だが、先輩たちのぶら下がりはそういう理由からではなかった。私が一瞬、時代に便乗し、目の前の状況を勝手に誤解したまま手を振り返して視線をそらそうとしたその時、先輩たちが一斉に動き始めたのだ。動いて何をしたかというと……鉄棒に逆さまにぶら下がったまま上体を起こし、額と膝がくっつくギリギリまで腹筋をした……二十回ずつ、三セットを。

そりゃそうだよね。あの人たちがどんな女たちか。だまって「寝ながら薬を飲む」的なこと、するはずない。でも、あれだよね。空中で腹筋六十回ってさ。それも、規則的な動きをハイスピードで。あの人たちが腹筋を六十回しているあいだ、私はマトモに十回もできるだろうか？　もちろんその十回だって、ベッドに横になっての腹筋のことを言っているのだ。鉄棒ってさ。あそこにああして、足の力だけでしっかりぶら下がっていられる自信もないのに、ましてや腹筋なんて。ただの一回だってまともにできる気がしない。

驚きに足が止まってその場に固まったまま、あの人たちは「軽いウォーミングアップ」と呼んでいるが私としては到底同意できないその動きを、最後まで見守った。もはやコウモリ人間というよりバットウーマンみたいに見えた。六十回を軽く終えると着地し、呼吸を整える感じもどれほどカッコよかったか。その段階でも心奪われた状態で見つめていると、先輩のうちの一人が大きく横に手を振りながら言った。

「やっだ、チョット、驚くことないって。あんたもできる、できる。あたしだって、あんたぐらい頃は、今のホンビとかわらなかったし。あんたもあたしの年になってごらん。そしたら、こんなふうにできるようになるんだって」

あ、そうなんだ、大して考えずに肯いたあとで爆笑した。先輩があんまりサラッと言うので、その言い回しの奇妙な点にまったく気づかずに、やり過ごすところだった。いや、どこに「あんたもあたしの年になってごらん」を、そういう意味で使う人がいるんですか。普通、五十代が三十代にそんな言い方をするときは、「あたしも、あんたの年の頃はおんなじだった＝あんたみたいにピチピチしてたのに」「あんたもあたしの年になってごらん＝あんたも体力が落ちるってのがどんなことか、わかるようになるさ」くらいの意味で使いません？　そう言い放った先輩も、隣で同じように呼吸を整えていた先輩たちも、この状況の何が奇妙かにまったく気づいてないらしかった。まったくもって、徹底した逆さま人間たちである。

しかし、それからも私は、似たような言葉をしょっちゅう聞かされることになる。後半戦が始まる頃にはすでに力尽き、自分がボールを蹴っているのではなく、ボールに自分が蹴られているのに近いヘロヘロぶりで結局交代になり、ピッチの外にいると、前後半戦フルタイムを楽勝でプレーしていた四十、五十代の先輩たちから「あたしもホンビくらいの頃は、前半プレーをするので精一杯だった。あんたもあたしぐらいの年になれば、後半まで持ちこたえられるって！」と慰められた。数日前にみんなで特訓を受け、その結果ふくらはぎに筋肉の塊ができてまっすぐ立てず、ガクガクしながら歩いていると、隣でさっそうと階段を下りていく先輩たちから「まだ下半身を鍛えぬいてないからだよ。あたしもあんたくらいの時はそうだった。あと何年か筋トレしたら、あたしの年になる頃には、翌日ちょっと痛いな、くらいで終わるって」と激励された。そうなると私もこの逆さま人間たちに感化され、ピッチの外の世界で使われている「年をとってるから私、もうダメ」という意味の「あたしの年になってごらん」には適応できなくなってしまうほどだ。

実際そうだった。いつからか、あたりまえのように自分の身体的ロールモデルは、多ければ十歳以上年上のサッカーチームの先輩たちだった。一年一年、生物学的な年を重ね、さまざまな老化が進み、記憶力だろうが創意力だろうが、すでに前のようにはいかないことが一つ二つ増え、なのにロールモデルを追いかけて腹筋し、ピッチを縫ってボールを蹴れば、体力だけは小さな目盛りで少しずつ増えていった。大病をしたせいで体力をいっぺんに失った三十代の初め、サッカー開始当初の三十代の半ばに比べると、四十代になった今の私は、どれほどたくさんのことができる体になったことか。にもかかわらず、五十代の先輩たちに追いつくには、依然としてどれほど遠い道のりであることか。迫りくる四十代半ば、後半には、またどれほどたくさんの可能性が開かれるだろうか。鉄棒にぶら下がってもいないのに、突然世界が逆さまになった。サッカーボールを追ってプレーしていたら、時間が逆に流れていた。

「逆さま時間」が日常のあちこちに流れ込んできたせいか、以前だったら単に年齢を理由に新たにスタートするのを迷っていたであろう物事を前に、「年齢のどこが問題さ。やってみればいいよ！」「年齢関係なくやれそうでは？」的な肝っ玉が、筋肉とともに体のどこかにこっそり育っているのを発見することもあった。「今始めたら、残り二十年（一体どういう計算が働くのかは知らないが、先輩たちの間では「人間の寿命はおよそ七十年」ということで話ができているらしい）はもっと楽しく過ごせるぞ！」と言って、大韓サッカー協会のサッカー四級審判員の資格証を取ったり、大学院に入学したり、イラストを描く新たな趣味を始めたりして、経験するまで想像もできない恐ろしさだと言われる更年期を、長きにわたる「スポーツ効果」でそこそこうまく乗りきっているらしい先輩たちの上に十年後の自分を重ねるたびに、その肝っ玉は大きくなっていくはず。つまり、です。先輩たちの言う通りですねー。その歳になるにつれ、少しずつ、わかってきました。

昨日、職場から帰宅してこの文章を書いたら、急に心の奥底から新たな情熱がわきあがってきた。今日は一大決心をしていつもより三十分早く起き（週末の朝寝三十分が、勤め人にとってどれほど大切か察してほしい）、あいかわらずのAバスとBバスの妨害行為にも屈せずに早めの到着に成功、久しぶりに先輩たちと体をほぐした。少し早く来て一緒にするウォーミングアップが、こんなにもいいものだとは！　それをあのバスどもがまったく協力してくれないもんだから、と愚痴をこぼすと、そんな呆れた話を聞くのは初めて、というように先輩たちは目を丸くし、一刀両断で結論を下した。

「ちょっと、それでなんでバスを待つわけ？　普通に走っておいでよ！」

「だよね、あたしもそれ、イラつくから乗らない。全速力で走ればすぐ着くって！」

あ、あのですねえ……そうなったら普段より二、三十分早く家を出ることにしなきゃならないし、それだったら元から一本早いＢバスで、早め早め、で来てたと思いませんか（週末の朝寝三十分が、勤め人にとってどれほど大切か察してほしい）。しかも、バス停からサッカー場までは徒歩で四十分ほどの距離だ。普段ならその距離くらい走ろうと思えば走れるが、まだ前後半フルタイムを消化しきれていない私としては、プレー前は最大限体力を温存しておかなければならず、とてもじゃないが考えられない。プレーが始まる前にサッカー場をもう一周走るか、走らないかで実戦の体力が左右される、つまり、試合前日にはディナーの約束さえめったに入れない、まだまだはるかな道のりの新米サッカー人なのだ。

だが、おかげでまた別の具体的な未来への目標を胸に抱くようになった。いつかは私も、先輩たちのように前後半戦フルタイムでプレーしたってまだ体力があり余っている人間になり、その程度の距離を楽勝で走って来られるようになるのだ。「その歳」になれば、できるはず。必ず、そうなるはず。その日が来たら、この文章を書いている今の私に話してやろう。「ほら、前のほうに書いてあるでしょ。私の歳になったら、あんたもできるようになるんだって」。そしてその日が来たら、Ｂバスにも必ず伝えてやる。「もう二度と、あんたのことなんか待つもんか！」

# サッカーと大家

ある種の重要な事実は、頭を経由する前に、口からひとりでにもれ出してしまう。トークイベントでのことだ。読者の一人から「サッカーをやっていて一番よかった点を一つあげるとすれば何でしょうか?」と訊かれた。久しぶりにこの質問をされて、若干あわてた。サッカーをする話で本を出したんだから、そういう質問はしょっちゅうされるのだろうと予想していたが、まさにだからこそ、むしろみんなその質問を口にしなかった。既に一冊の本でそのことに答えてるんだから、と思うのかもしれない。おまけに、サッカーをやって「一番」よかった点を「一つ」って。一つや二つではないので、何を選んだらいいか途方に暮れた。そういう時は少し考えてから答えてもよさそうなものだが、不思議なことにトークイベントや講演会に出ると、質問が来るなり即、答えなければいけないという、言ってみれば「無音状態」を作ってはいけないような強迫観念に襲われる。頭を経由する前に、口から勝手に飛び出していた答えはこうだった。

「ちゃんと戦えるようになりましたね。たとえば、大家さんと」

言っておきながら少しあわてた。直感的にわかるような別の答えを言ってもよかったはずだ。持久力がついたとか、テクニックを一つ身につけるたびに体に刻まれる成功感覚が、日常での別な場面でも高揚感をもたらしているとか、「見られる体」からかなり脱して、「機能的な体」として自分の身体を感じられるようになったとか、言いたいことはあふれかえっていた。そういう多くを脇に押しやって「ちゃんと戦えるようになった」という答えが出てきたのだ。二〇一八年に、あるポッドキャストの番組でも同じ話をしたことがあるが、その時はあふれるほどあった言いたいことの一部として話したのであって、こんなふうに単独で、「一番」に該当するメリットとして話したのは、それが初めてだった。予想外の答えだったせいか、「大家」というTMI〔Too Much Information「知らなくていい情報」の略〕に近い具体的な単語のせいか、参加者たちは「いったい大家と何があったんですか？」「大家さんと殴り合いになったんですか？」と矢継ぎ早に質問しては笑い、私もつられて笑い、だが時間の都合上、当のその話を長く話すことはできなかった。

さまざまな大家と出会って、持ち家のない者にとって一番大切な対人運は「大家運」である、というのが持論になった。法は、絶対に借家人の味方ではなかった。法の保護を受けられないから、結局「大家ガチャ」みたいないい加減なものに頼らざるを得ないという状況がばかげているとは思うが、どうしようもなかった。全体としては大家運に恵まれたほうだが、決して忘れることができない大家も二人いる。どちらも、並外れたキャラクターの持ち主だった。彼らがどれほど多くのことを学ばせてくれたか！　自分がこれほど誰かを憎めるのだということを初めて教えてもらったし、意志と関係なく手がバイブレーターみたいに震えることも教えてくれた。さらには作成した契約書がどれほど無力で役立たずかを見せつけて、紙に書かれた文字の力を過信してはいけないという、新人作家に絶対不可欠なメッセージまで骨身に沁みてわからせてくれ、その都度書いた数十通の内容証明は、文章修行の土台を作ってくれた（と信じたい）。

彼らは私より二十歳から三十歳は年上の男性で、そろいもそろって言葉が通じなかった（あるいは言葉が通じないフリをした）。契約書に書かれている通りの保証金を返金してくれなかったり、その状態で何か月も放置しているのは自分のくせに、問いつめれば「もともと全部そういうもんなんだから、ギャアギャア言うな」と突然怒鳴ったり、目を剝いてキレたりした。中でも、「性格が最悪」と悪名高く、町のコンビニの店主たちにも首を左右に振られていたある大家は、しじゅうそういう態度をとるようならオマエもこうなるぞ、といわんばかりに、手にしていたものを地面に投げつけて破壊することで、やりとりを終了した。

口喧嘩ではどこに行ってもめったに負けない私だったが、正常な世界の理屈が通じず、なんなら物理的な暴力も辞さないという含みがかなりある言動の相手を前にして、どうしていいかわからなかった。口喧嘩の敗因は、単なる大家の暴力性だけではなかった。大声を出しているのは相手なのに、大声がして周囲の目を引くことが恥ずかしく、それに対してもごもごと論理で押しきろうとする以外、何もできない自分が情けなかった。もしかしたら物理的な暴力の被害者になるかもしれないと思い、状況を悪化させないよう、だまって引き下がった。

グラウンドでも同じだった。体でぶつかる競り合いのさなか、興奮した相手の選手に大声を出されたり悪態をつかれたりすると、聞こえないフリでやり過ごした。いや、それ以前に競り合いの一環で相手の選手を突き飛ばすとか、ひっつかむとかしなければならないことがあるのだが（厳密にいえば反則だけど、厳然としてプレーの一部だ）とてもそんなことはできずにぐずぐずしていて、そのあいだにむしろやられる、というパターンだった。通常、生活の中で他人を押したり、引っ張ったり、足をかけたり、殴ったり、踏んだりなんてこと、しないでしょうが！　誰かの体にむやみに手を触れない、という文明社会の法則にガッシリ抑え込まれ、手も足も、なかなか出なかった。たまたま私の体にぶつかって誰かが転ぶと、まず自動的に「すみません！」という言葉が出た。

「ねえ、あんた、その〈すみません〉ってちょっとやめな！　ウチらには悪いと思わないの？　あんたが競り合いでしょっちゅう負けるから、ウチらが大変なんでしょうが！」

メンバーにいつもお叱りを受けながら、たかだか「すみません」を口から引っ剥がすのに一年かかった。とはいえ、相手にやられたぶんをやりかえす「ギブ・アンド・テイク方式」の競り合いは、おっかなびっくりではあったが少しずつやり始めていた。この人、さっき私を強く押したんだから、私だってそのくらいは押してもいいよね？　さっきから偶然のフリ、やってないフリで私の脛《すね》を蹴ってるけど、私もしちゃう？　やがて、相手がワァッと声を張り上げ怒りだすと、私もついつい悔しくて「そっちだって、ずっとやってたじゃないですか？」と一緒に声を張り上げるようになり、判定でもめた時、審判は大声で激しく抗議する側の意見を聴き入れやすいと見抜いて以降は、私の声もだんだんに大きくなった。声のデシベルと同様、突き飛ばして誰かを転ばせたり、押されてあおむけに倒れたりしながら、競り合いの実力は少しずつ向上していった。

思いがけないところから飛んでくる攻撃にも次第に慣れた。ほとんどが、競り合いの途中で互いに密着しすぎたために起こるものだ。振り回している肘にまともに顔が当たってゴロゴロ転げ回ることもあれば、中途半端な場所にいて相手が思いきり出した足にお腹を蹴られてブッ倒れることもあれば、ボールの取り合いで互いの脛がぶつかって涙を流すこともあり、いずれにしろ、そういうのはサッカーをしていると必然的に伴う、耐えられそうになくても結局耐えぬき、やりすごす苦痛だった。

そんな大小さまざまの経験が、体と心に、どんなかたちであれ積みあがっていたのだと気づかされたのは、大家と競り合い……じゃなく口喧嘩をした時だった。サッカーをやり始めて三年を迎えたある日のこと、大家（やりとりの最中に物を投げつけ破壊していたアイツ！）が工事の件で約束を破ったので、契約書を持参して問いただしに行った。さっそく怒鳴り声を上げる彼に、同じように怒鳴り返して対抗したのだ。彼が殴りかかるかのように威嚇的な仕草をして大股で近づいてきた時も、前ほどは怖くはなかった。暴力行為を証言してくれそうな人が周りにたくさんいたこともあったが、何より、殴られたところで肘を顔にぶつけられるとか、お腹を蹴られるとか、脛同士があたって痛いぐらいだろうと考え、それならいける！　と思えたのだ。すると、萎縮して引き下がると思っていた私がわあわあ歯向かうのに怒った大家が、突然「ハッ、まったくこの、クソ女が……」と悪態をつき、その瞬間「ハア？　クソ女？　そうだよ、アタシがこの地域の、かの有名な、グランド・クソ女だよ！　それがどうした？」行けるところまで行ってやれ、の気分でさらに戦意に火が点き、「おじさん」と呼んでいた呼称が「チンピラ野郎」までレベルアップした。

あの日は確かにひとつの分岐点だった。大家が初めて謝罪したから、というだけではない(これまで丁寧に丁寧に伝えていた時とは打って変わって即座に謝るとは、虚しくなるしふざけてる)。その日以降少しは、少なくとも前よりは、よく戦えるようになった。大声を上げたから何だと、今までそれ一つまともにできずにいたのだろう。私も誰かの大声をかきわけてもっと大きい声が出せるし、そうしてもいいという感覚は、グラウンドで初めて刻みこまれたものだった。

何より、恐怖に耐える力が変わった。グラウンドの上でも、グラウンドの外でも同じだった。物理的な衝突に向き合わざるをえないのであれば、いざとなれば、私だって肉弾防御するぞ。殴れるものなら私だって同じように殴るぞ、そんなイメージが頭の中に浮かび、すると恐怖が少し減った。本当にそうできようができまいが（おそらく実際にそんな状況になったら、できない確率のほうが高いとは思うが）、そんなイメージさえ浮かばなかった頃は白紙のように頭が真っ白になって、同時に全身が凍りつき、指一本動かせなかった。されるかもしれない物理的な暴力がどんな感じかよくわからないことも、恐怖の要因だった。そうなると、知らず知らずのうちに想像可能な最悪の苦痛をイメージし、余計に激しく凍りついていた。だが、グラウンドで競り合いをして「やられる」経験値が上がってみると、多少なりとも苦痛の見立てがつくようになり、そんなふうに苦痛が具体性を帯びて迫ってくることが恐怖を一段階減らしてくれた。少なくとも飲み込まれそうなほど大きな恐怖とはならなかった。それだけでもかなりの進歩だ。私たちは普通、暴力に制圧されるより前に、暴力への恐怖に制圧されるのだから。ディフェンスを一人かわした気分だった。

三年前、ある勉強会で、スーザン・ブラウンミラーの『レイプ・踏みにじられた意思』（幾島幸子訳、勁草書房、二〇〇〇年）を読んだ。とても苦しい読書だったたし、「戦う女性」について、ともに考えをめぐらすことができた時間だった。女性は絶えず暴力の被害にさらされているのに、肉体的に戦えるようになる訓練の機会は、幼い頃から奪われている。戦いに対処する方法をまるきり知らないために、突然の身体的な暴力を前に恐怖に圧倒され、できうるどんな試みも（ひどい時は、振り回せるナイフがポケットに入っているのに、手を入れてそれを取り出すという試みさえ）できず、されるがままになる被害者がどれほど多いか。この本で、暴力をタブー視する内面の抑制と恐怖が女性の手足を縛ってしまうという部分を読んだとき、映画『はちどり』で、何かというと暴力をふるう兄にされるままになり、兄がそれを自分からやめるのを待っているだけだったウニへの、ヨンジ先生の言葉を思い出した。もう殴られていてはいけない。誰かに殴られたら、何としてでも立ち向かって戦え、と。

スーザン・ブラウンミラーとヨンジ先生の言葉は、好き勝手に誰かを殴れ、という意味ではない。暴力を擁護するのでも、扇動するのでもない。文明の線を守って暮らしはするが、その線を越えてしまった誰かが暴力を行使する時、恐怖と抑制に邪魔されて、なすすべもなくされるままになっていてはいけない、という意味だ。ウニはなぜ、立ち向かって戦おうと思えなかったのだろう？　また私はそれまでなぜ、立ち向かって戦うことを思いつきもしなかったのだろう？　大声を出してはダメ、殴ってはダメ、戦うのは悪いこと、女が調子にのって出過ぎた真似をしてはいけない、女はどうせ負けることになっている。そういうことばかりをさんざん学び、「無礼な人に笑いながら怒る方法」ばかりうまくなって、大声を張り上げ、殴り、殴られるという原始的な戦いの中に、自分を主体として置くことができなかったのだ。

たかだか「助けてくれ」と一声叫ぶのにも訓練が必要だと、友人Hを見ていて気づかされた。生まれてこのかた一度も誰かに声を上げたことのないおとなしいHは、アメリカ留学時代、乗っていた船が転覆して溺れかけるという危機的な状況に直面したのだが、近くの陸地にいる人に「Help me!（助けて！）」と叫びたくてもなかなか声が出ず、ようやく最後になって声を振りしぼり「Would you mind…… helping me?（よろしければ……私を助けていただけますか？）」と、丁重に言ったのだという。死にかけてる時にだぞ！　相手が危険に気づいたからよかったようなものの、「ウッジュー・マインド」が本当に最後の言葉になって、危うく最愛の友人を失うところだったそのエピソードに、私は大きく混乱した。いや、それって……切迫した瞬間に居合わせると、悲鳴って自然に出るはずじゃなかったの？　自動アラームシステムじゃ、なかったわけ？　本能はすべきこともせず、その状況で何やってんだよ……。サッカーを始める前はしばらく、私もやはり大きな声を出すのに慣れていなかったし、怖かった。危機の瞬間、恐怖と抑制に打ち勝って叫ぶことができるだろうか？

そうだ。女性たちも叫び、殴り、殴られるという訓練をすべきなのだ。未知の領域にとどまっている「原始的な戦いの世界」を、経験を通じて、現実の領域に引きずりおろすべきだ。手足を縛りつけている恐怖と抑制の鎖を断ち切るべきだ。そうしてこそ、次の段階で逃げ出すにせよ、助けを求める声をあげるにせよ、ポケットの中から落ち着いて武器を取り出して握るにせよ、真っ向から戦うにせよ、ガードを上げて防御するにせよ、何にせよ、できる可能性が開かれるのだ。

あいかわらず、私はグラウンドの内外で、よほどのことがない限り戦いを避け、自重する小心者である。相手がどの程度「手荒な」人間かわからない状態で、下手にからんで危険な目に遭ったり、面倒な事態に巻き込まれたりしたくないから。でも、今はわかる。対応するか、避けるかを判断するのも、戦う経験を積んでこそできるのだと。無条件に「避けるしかない」と無力にあきらめるのではなく、「対抗」という選択肢が手の内にあって、はじめて見えてくるもの。だから私は、あの日のトークイベントで、そういうことが言いたかったのだと思う。どんな過程を経て、前よりうまく戦えるようになったか。うまく戦えるという感覚が、何を変えたか（あと、あの大家が、どれほど悪人だったか！）

そして知りたい。サッカーですらこうなんだから、本格的な格闘技は戦うことの何を、さらに教えてくれるのだろうか？　自分の体重の二倍以上のバーベルを軽々と持ち上げることができたら、どんなふうに心強さを感じるか？　体もそうだが心にも、さまざまな感覚を刻みたい。ここまではできるはず、と思う心が、そこまですることを可能にしてくれるから。ストレッチで体を精一杯長く伸ばすように、自分の心もどこまでいけるか、最大限長く伸ばしてみたい。私はもっと上手に戦えるようになりたい。もっと。もっと。

# 虚飾に関して

第七十回カンヌ映画祭の最高賞パルムドールの受賞作で、スウェーデンのリューベン・オストルンド監督の作品『ザ・スクエア』を観た。ストックホルムの現代美術館で首席キュレーターを務める白人男性を主人公に、芸術的な感覚があり、弱者に配慮し、何事にも正義感あふれる行動をしているようでいながら、さまざまな現実的問題にぶつかると、すぐに現代人にありがちな偽善と虚飾をさらけ出してしまうというブラックコメディで、シーンの一つひとつが美学的にまとまり、提起される問題意識にチクリとさせられる瞬間もあったが、私にとっては全体的にスッキリしない映画だった。ひとまず、西欧の白人が人生で経験するジレンマなるものが、それよりはるかに欲望のレイヤーが重層的な「K-国」の市民には一見のどかなものに思えたし、偽善の見せ方があまりにも図式的で、心理学の教材を映画化したような感じであり、それにくらべてどうしてこんなに上映時間が長いのか、エンドクレジットが出た時は、やっと終わった、という喜びにパルムドールをあげたくなった。

だが、この映画であらためて呼び起こされる逆説がある。こういう「現代人の偽善と虚飾を暴く!」系の映画を観るたびに、偽善を嘲笑や批判の対象として俎上に載せた監督の意図とは別に(いや、たぶん意図とは裏腹に)、誰もが偽善的、という状況が実はどれほど理想的かを考えさせられる、という逆説だ。意図されていない「偽善奨励映画」というか。映画で、登場人物が自分や他人をひどく傷つけ、危害を加え、最終的に破綻する瞬間は、人の偽善が剝がれ落ちた瞬間、つまり、誰もそれ以上偽善をせず、そうする意志もなくなる瞬間だからだ。もし最後まで弱者に配慮するフリ、正しそうなフリで偽善的にふるまっていれば誰も傷つかずに乗り越えられたものが、偽善を剝ぎ取ったせいで、必ずや大問題になる。

中には「偽善を肯定するんじゃなく、そもそも人生で偽善をしないほうがいいのでは」と言う人もいるかもしれないが、果たしてそれが生きるに値する世界だろうか? 偽善的にならなくても常に善いことができる、純度百パーセントの善と完璧に完成された人格を備える人物って、何人いるだろう? 別に性悪説を信じているわけではないが、私たちの本音には無数の亀裂があるのだ。ひょっとしたら「偽善がなくなり人間のストレートな本音だけが残った世の中」というのは、矛盾した表現かもしれない。人間の本音だけが残ったら、世の中は崩壊してしまうはずだから。

また別な人は「偽善を肯定するんじゃなく、偽善的にならなくても本音通りの行動がすべて善になるという状態になるよう努力すべきじゃないか」、と言うかもしれない。だが、その「努力」の一環が偽善だったら？　善というのが人間の心の中に勝手に無限増殖していくものでない以上、ある日天から啓示みたいにポトッと降ってくるものでない以上、善を「自分のもの」にしようとすれば、私たちは世の中に善と定義づけられているある種のモデルを偽造し、模倣し、習得するという「偽善」の段階を経ざるを得ない。そういう点から、偽善を脱しようとする努力ではなく、できるだけ長いあいだ偽善的にふるまえるような努力をしたほうが、現実的にはずっといい選択だと思うのだ。偽善の持久力を高めること。できれば人生最後の日まで。いまわの際まで剝がれ落ちない偽善は、最終的には善として世の中に残るはずだから。

＊

一時は、偽善や虚飾、いい人ぶったり、いい恰好をしたりという「フリ」をすべて軽蔑していた。他人を傷つけるとか、利用するとか、心を弄ぶとか、裏切るといった具体的な悪意を内に秘めつつ、善良なフリで近づいてくる「偽善」に何度かひどい目に遭わされてからというもの、誰かの中にかすかな偽善の気配が見えただけで、うわべだけの笑顔をひとつ発見しただけで、大急ぎで心を閉ざし、即、警戒態勢に入った。そんな気配が自分の中に見つかろうものなら、深い自己嫌悪に苦しむことは言うまでもなく。偽善より正直さ、まだ偽悪のほうがはるかにマシだと思っていた。そうであったはずの私が、偽善もすべて同じではなく、時には虚飾も必要不可欠だという結論に至ったのは、おおむね正直で多少偽悪的だったAチーム長と、同僚の間で「恰好つけの典型」と評価されていたBチーム長、立て続けにその二人と一緒に仕事をした経験からだった。結論から言うと、前者のケースが地獄なら、後者は若干誇張すれば天国だった（Aの下で味わった地獄の一部は、「ひとつの季節を越えさせてくれた」に登場している）。

偽善と偽悪は簡単に切り分けられる問題ではないが（何が善で何が悪かを哲学的に問いただし始めたらきりがないので、とりあえず、社会的にある程度合意がとれた善悪の概念を借用すると）、偽善が偽悪よりマシな理由は、「善の偽造」は、少なくとも偽造すべき善がどんなものかを認識しているからできることで、「善」について別途合意をとる必要がなく、ほぼ同一線上で相手と話ができるからだ。そして偽善的な人は、ほとんどが他者の自分への評価を非常に重要視するため、できるだけ他人の言葉に耳を傾けようと努力する。

反面、どういうものが善かわからないとか、たとえ知っていてもそれを偽造でもするかという努力がいっさいなく（そう。善の偽造には大きな努力が必要だ）、なんのラッピングもなしに自分の心の底をさらけ出すのが正直さの美徳だと思っている人とは、まず話から通じなかった。互いの倫理観がまるで違った。そういうたぐいの人を見るたび、「偽悪」という言葉こそ偽善的だとよく思ったものだ。どういう意図であれ、外に現れた行動が悪であれば単なる「悪」でしかないのに、「偽悪」という言葉の影に身を隠している感じがするのである。かれらは大体、

「自分は今、偽悪的である　→　ワルぶっている　→　だから悪じゃなく、ただワルそうに見えることを選んでいるだけ」という理屈を、自分がしている悪の免罪符にしている。しかし、どこまでが本当に自分の欲望が及ぼす悪で、どこまでが偽造された悪か、本人にスッパリと分けられるものだろうか？　いや、分けられたらどうだというのだろう。いずれにしろ結果が悪なら、悪でしょうが。

フィルターなしのAの正直さと偽悪ぶりに嫌気がさしていた私は、Bとはまあまあうまくいった。私だけでなく、チームのメンバー全員がそうだった。Bは「オレは他のチーム長とは違う！」というプライドがとても強く、特にメンバーたちと上下の別なく友人みたいに親しくつきあう、常に仕事よりも人を優先する人間的な上司と見られることにかなりの神経を使っていた。もちろん、決定的な瞬間で気持ちが顔に出てしまったり、ひそかに本音が漏れたりするせいで、彼が決して私たちを友人、あるいはそれに類する存在とは思っておらず、上下関係にもとづいた「下の人間」と徹底的に見下していること、私たちの立場を最優先に考えるフリはしても、実際は成果と評価のほうにはるかに執着している人間であることはわかっていた。ましてや、他社の人相手に私たちについてのネガティブな話を、そんなにも力不足な私たちを率いる自分のリーダーシップを誇示しつつ、さんざん語っているということまで聞こえてきて、気づかないはずがなかった。

だが、私たちは何も見ず、何も聞かないフリで精一杯彼の虚飾を見守った。もちろん、かなり戦略的な行動だった。彼の虚飾がもたらす結果が、大体において私たちの得になったからだ。「PC《ポリティカル・コレクトネス》〔Political Correctness の略語〕」をきちんと守った丁寧な言動、最大限民主的な態度、メンバーの話に最後まで耳を傾ける努力、惜しみない励ましと適切な称賛、親切と思いやり。万が一、Bの本音がお見通しであることがバレ、彼が虚飾の仮面を剝ぎ取ろうものなら、失われかねないもの。Bが「いいリーダーのフリ」をやめて自分に正直に行動した瞬間、広がりかねない地獄(私はすでにAを経験していたから、想像したくもなかった)。Bの虚飾を守るために、私たちも虚飾で対応したわけだ。そんな事情を知らないよそのチームの人々はうわべだけ見て、うちのチームの親密な雰囲気をとても羨ましがった。誰よりメンバーを大切にして友人のようにつきあう、オープンマインドなリーダー。そんなリーダーをひたむきに信じ、ついていくメンバー。実に美しく見える関係だった。

　だが、妙に聞こえるかもしれないが、その美しさというものは確かにそこに存在していたのだ。私たちの間に、確かにあった。とりあえずチーム長は、「普通のチーム長とは違う、人間的な自分」というフリをするため、他のチーム長なら頭ごなしにダメと言ったであろうことに、できる限り開かれた姿勢で臨んで結局オーケーを出し、私たちもやはり「そんなリーダーを無条件に信じて慕うメンバー」の演技を忠実にこなして、常に大きな感謝と好意で応えていた。だから虚飾の範囲内で、たとえ虚心坦懐に本音を共有して何でも洗いざらい話していなくても、お互い最後までいい人であろうとする努力や、努力と努力が出会って生まれる尊重や、やさしさが存在していた。虚飾まじりだったとはいえ、Bがなんと三年近くもそんな態度を保ち続けていたことを考えれば、もはやそれは虚飾ではなく、ただのキャラと言えるのではないかと思えるくらいで、後のほうではポーズと実際の境目は曖昧になった。私もやはり、ある瞬間から彼を信じ、好きになり、ついていった。そこからは演技の必要もなしに。

＊

必ずしもAの場合に限らなくても、いつからか、いわゆる「正直さ」というものがしんどくなっている。正直なのはすばらしい美徳だし、私だって、特に愛する人たちには真実を語ろうと努力しているし、そういう人たちのそばにいたいと思うが、正直であるということを武器に、言ってはいけない言葉を何のフィルターもなく吐き出す人を見るたび、一種のやるせなさを感じずにはいられない。たとえば、毎年四月十六日の前後にオンライン、オフラインで頻繁に目にする「セウォル号、もううんざり」という言葉。「今みたいな時代に、こういう言い方もなんだけど」で始まる（なんだと思うなら言うなよ……）、子どもや難民、性的少数者などの社会的弱者を、社会のより外側へと追いやり、排除する言葉。「クールだ」が一つの時代の精神を表す言葉としてもてはやされ、倫理的ノーパン状態をファッションであるかのようにラッピングして、無礼な毒舌が吐き出される。そんな言葉の不適切さを指摘すれば、決まって飛んでくるのは「偽善的だ」「いい恰好してる」という非難や嘲笑。意識高い系のフリをした虚飾だ、「正しいこと」を言って道徳的にマウントを取りたがっている、ＰＣ虫だ〔政治的な正しさに過度に執着する人を指すネットスラング〕、弱者のためというコスプレをしているが、結局は弱者を利用して自己満足を得ている偽善者たちだ、こっちは少なくても正直だ……などなど。

ある種の人々は「正直な自分」をあまりに愛しすぎ、「正直な自分」でいることにあまりに肥大した自意識を抱きすぎという気がする。思った通り口にして、思った通り行動するほどラクなことはない。何の努力もせず簡単に手に入れられる肩書きが「正直な自分」だからだろうか。今後も何の努力もしたくない、ただ気の向くままに生きていきたいけど、そんな感じをいかにもそれらしくラッピングしてくれる肩書きが「正直な自分」の他にないからなのか。言ってやりたい。あんたの正直さ、本当に誰も望んでないし、特別な価値もないし、少しも重要じゃないから、世の中に毒を撒き散らしてないで、だまって胸の中にしまっておけと。

まったくもって、頼むから、まだ虚飾や偽善でもふりまいていてほしい。セウォル号の惨事のような他者の大きな悲劇に共感できないのなら、せいぜい、フリでもいいから悲しんでほしい。自分の意に添わなくても時代の倫理的な流れを受け入れて、頼むから意識高い系のフリでもしてほしいし、道徳的にマウント？　それを奪われるのがそんなに悔しいなら、自分も手に

＊　二〇一四年四月十六日に大型旅客船セウォル号が沈没し、修学旅行中の高校生ら二九九人の乗客が死亡。真相究明を求める遺族への嫌がらせが横行した。

入れる努力をしてほしい。

＊

そんなわけで、私はいつからか虚飾を応援するようになった。もちろんその虚飾に、他者へ悪事を働こうという悪意の意図がない限りにおいて。虚飾には、今よりもっといい人間になってみようという奮闘がこめられている。「いい人」を目標に、いい人のフリで真似しながらいい人になろうとし、でもまだ完全にはなりきれていないから、「虚飾の状態」にとどまっている、誰かの不断の努力の過程。つまり今目の前でくり広げられている虚飾は、まだたどりつけないその人の未来なのかもしれない。なのでその人に秘められた、もっと前へ進めるかもしれない無限の可能性が、誰かの「あんたっていい恰好しいだね」という言葉にうっかり妨げられやしないかと、こちらのほうが先に焦ることもある。実のところ、特に社会に出てまもない人に「自分があまりにもいい恰好しいの気がして、自己嫌悪に陥る」と相談されるケースが多いからだ。

「いい恰好しい」という言葉には自己充足的*な面があって、誰かにそう規定された瞬間から、自分の言動の一つひとつがいい恰好をしているように思えてくる。おそらく、多くの人が社会生活をする時に社会的な自我――ペルソナを使っていて、言葉や言動に虚飾と疑われがちな部分が一定程度混じっているからだろう。そんなことを深く考え込むと、本来の自分、あるいは「自分らしさ」って何だろう、いい人を真似て演技している行動は「自分らしさ」を損なっているんじゃないか、と混乱したりするが、そんなときこそ、（ドラマの俳優みたいに）本格演技のトーンで激しく叫ぶべきなのだ。「自分らしさって、何っ？」その通り。自分らしさって、何だ。一般的に、自分の中のどこかに「真の自分らしさ」なるものが存在して、その「自分らしさ」を発見し、手に入れないといけないと思われているが、「自分らしさ」のかなりの部分は作っていくものだと思う。生まれつきの自分、作られた自分、作られている最中の自分、すべて自分だ。「メインキャラ」も「サブキャラ」も、どれも自分。

ひょっとして、自分自身があまりにもいい恰好をしている気がして、耐えがたい日があるだろうか？　いい恰好をしていると誰かに非難され、侮辱を感じた日は？　大丈夫。本当に、大丈夫。まだこなれていなくて、目ざとい自分の自我、そして他人に、「虚飾状態」であることがバレてしまったけれど、今は虚飾状態を通過中、善なるところ目指して着々と歩を進めている真っ最中なのだ。努力しない人より、最善を尽くして恰好つけ風にふるまう人のほうが、たどりつける確率ははるかに高いはず。「フリ」というのはどうしても開き直れず、多少バツが悪い面もあるが、そういうフリがどんどん集まって、最終的には望んだとおりの自分になるの

＊社会学者のR・Kマートンは、誤った思い込みや判断が行動に影響して、結果的にそれを現実化した場合の、もともとの思い込みや判断を「自己充足的予言」と名付けた。

ではないだろうか。そういう点で、いい恰好をすることは、最も俗っぽいやり方で抱くことができる善良な夢のような気がする。

最近私は、何事にも泰然とした人になりたいと、自分の周りで一番泰然としている菩薩のような友人、MJをさかんに真似している最中である。どの程度かといえば、つい先日、誰よりも私を知るTが「君、ここのところ、大事なことは全部、MJが憑依した感じで決めてるよね？」と、ズバリ聞いてくるほどである。勘のいいヤツめ。だが、Tが気がつこうがつくまいが、それが虚飾だろうがなかろうが、一度始めた以上、今後も泰然としたフリ、心の広いフリをして、いい恰好をすることに最善を尽くすつもりだ。どれくらい長く虚飾段階に足踏み状態かはわからないけれど、その段階を経過して本当に泰然とした人になれるかどうかわからないけれど、意図せざる「偽善勧奨映画」でも、問題は常に、偽善が剝がれた時に生じていたじゃないか。永遠の偽善は結局善として残るのだから、この偽善と虚飾が緩んで簡単に剝がれ落ちたりしないように、偽善と虚飾をグルグル巻きにして暮らしていきたい。

# 自分だけを信じるわけには、いかないから

「大きなお世話の老害はおことわり！」というハッキリしたメッセージを、全身から発していた時期がある。言葉でも示すし、文章にも書くし、眉間の皺の生成や頬の筋肉の硬直を利用して顔にもぶら下げていた。で、結果は？

望んでいたのとは完璧に逆になった。私がうんざりと思っているたぐいの老害量は、これっぽっちも減らなかった、これっぽっちも！　真の老害は、私がそんなメッセージを発していることにさえ気づかずにあいかわらずだったし、気づけたとしても、自分のしている行動が老害そのものと理解することができず、これまたあいかわらずだった。「ひょっとしてこれって老害じゃない？」と自己検閲できる人たちだけが、私を前に注意するようになったが、まさにそこに、大きなジレンマが生じた。そんなふうに気がつくタイプほど、高い確率で、傾聴すべき忠告や助言をくれる人々だったからである。少なくとも、悩もうとさえしない人たちよりは何

倍も。つまり、「老害おことわり」のメッセージは、結果として純度百パーセントの高濃度老害だけをきっちり残し、実際に耳を傾けたい話は濾過してしまうから、そもそも根絶したかった老害「だけ」を、ずっと聞かされる羽目になってしまったわけだ。作戦は大失敗だった。

友人のうちの何人かは、それがなんでジレンマなのか、老害は止められなくても、忠告や助言がフィルターにかけられただけで状況はかなりマシになったんじゃないかと反論した。以前、某バラエティ番組で、司会者から小言と助言の違いを尋ねられた小学生が、明快に答えていたことがある。「小言はなんか気分が悪くて、忠告はフツーに気分が悪いんです」。その場面はキャプチャーされ、あらゆるネット掲示板やSNSに拡散して大きな共感を誘い、忠告についてのさまざまな意見があふれた。忠告はしなければしないほどいいもの、どこのどいつが、自分のことは棚にあげて他人の人生に口出しするのか、自分の問題を一番よくわかっているのは自分、忠告が役に立ったことなど一度もない、という意見が優勢の雰囲気だった。それほどまでに、人は忠告に疲れていた。「これ、全部君のことを思って言うんだけどね」「自分も経験したからわかるんだけど」で始まる、「忠告」を装ってはいるが、結局老害な発言にも疲れているし、心がこもっていたとしても、温かい慰めを求めているタイミングで、若干冷静な顔つきをして登場する忠告の言葉にも疲れていた。私が「老害おことわり!」と言い回っていたのも、そんな言葉にうんざりしていたからだったと思う。

だが、別名「老害おことわり作戦」が大失敗に終わった時間を経験してから、そういうリアクションを見かけるたびに羨望と羞恥心が同時に押し寄せる。「忠告なんか必要ない、アイム・ゴーイング・マイウェイ！」タイプの人に感じる憧れに似た羨ましさと、それとは別に、私にはそんな度胸も、自分への確固たる信頼も足りないことに気づかされるからだ。告白するが、（前で友人が反論していたように「老害はあいかわらずでも忠告や助言は遮断された状況」を「ジレンマ」と感じることからして、既に明らかなのだが）私は、他人からの忠告や助言、苦言が、自分には絶対に必要だと思っている。耳を傾けておけば助けになったかもしれない輝かしい忠告が、老害とひとくくりにされて捨てられるのがこの上なく残念だ。「忠告は、するのも聴くのもやめよう」が主流の雰囲気と直面するたびに、作戦失敗の経験が思い出されて焦りを感じたりもする。あの時みたいに、結局空気を読めずに、自覚のない真性の老害ばかりが残って、言葉に慎重で自覚的な人の忠告がますます聴けないようになったら、どうしよう？

おまけに、五十代目前の友人の話によれば、四十代以降は年々、年齢を重ねるごとに、忠告してくれる人が猛スピードで減るという。ちょうど四十代に入ったばかりの私も、既に二、三十代の頃とは違うという実感がある。苦言は確実に減った（それに比べて老害が減らないという点にあらためて驚く。地球が滅亡しても生き残るものが二つあるとしたら、ゴキブリと老害じゃないだろうか。ゴキブリが老害をするんだろう）。自分の意志とは無関係に月日が流れて年をとるうちに、いまだ年齢差別から抜け出せていない韓国の社会構造の中で、自分の立ち位置の座標がいつのまにか変わってしまっていたのだ。中間管理職で明らかに旧世代の私を煙たがる人は増えたし、忠告されて何かが変わる可塑性という面でも、二、三十代に比べれば四十代にはさして期待できる部分はなさそうだから（「あの年まであんな調子の人なんだから、もう見込みナシ！」）忠告はさらに減る。

もちろん、周囲には誰の忠告も必要とせず、自分の信念にしたがって進む道を見失わず（あるいは見失っても）、望んだ方向へとうまく人生を転がせる、主体的で賢明な人々はたくさんいる。一方で、気分を害する言葉（「忠告はもっと気分が悪い」という小学生の洞察を思い出そう）に耳をパッと塞いで聞きたい言葉だけに耳を傾け、そういう言葉をかけてくれる人だけで周りを固めて生活し、ますます強化されたエゴとともに一気にイヤな年長者になってしまった人々も、またいる。私だって当然、前者になりたい（でないはずないだろう！）。だが、自分の器の大きさは自分がよくわかっている。忠告や助言を遠ざけた瞬間、私は、前者より後者になる可能性がはるかに高い人間なのだ。だから、心置きなく耳を塞ぐなんてできない。

ここで悩みはもう一段階進む。気が付けばだいぶ前から、老害になるかもしれないからと、もっと正直に言えば、老害と思われたら嫌だからと、誰かに忠告や助言を求められても意識的に避けるようになっていた（四回求められたら応じると、自分なりの基準は作った）が、だからって私は老害をしていないのだろうか？　あまりにも「他人に一言いう行為」が老害を代表する特徴とされているせいで、忠告していないことをもって、「私は老害してません」証明書をたやすく手に入れようという考えが根底にあるからじゃなく？　まるで、人に忠告するだけが、老害のすべてであるかのように。実のところ、老害の特徴の中には「他人の忠告を受け入れられず、自分の考えや経験、知識だけがおおむね正しいと思う状態」という部分も明らかにある。そして私は、こっちの特徴のほうが、より克服しづらいと思う。他人のことに口を出していないから自分は老害じゃないと思っているが、人の忠告に耳を貸さないから、自分が老害になりつつあるとわからないで暮らす。これが一番怖い。

必ずしも他人の声でなくても、本から、経験から、思考実験から、適切な忠告を得ることもできる。だがその点でも、私は私をあまり信用できない。私の脳は怠け者で、保守的で、かなり確証偏向的である*。意識を育てる努力をしない限り、ひょっとしたら努力しても、普段やってきた慣れている楽な考え方通りに情報を処理して受け入れる可能性が高い。どんなに新鮮な概念が盛り込まれている本でも、私という古いフィルターを通せば、意味の中には流失されてしまうものがあるはずだ。本を読みながら、無意識の意図が入り込んだ目線で自分に有利な根拠を集め、自分の好みに合うように解釈し、見たいものだけを見るかもしれないのである。

私が本をどこまで自己中心的に、感情移入して読めるかを示す極端な例がある。何をやってもダメで、あまりに自分がつまらなくて使えない人間に思えてしんどかった頃、小説でもエッセイでもなく、文法書を読んで泣いたことがある。「使いでが／ある（쓸모 있다）」は分かち書

＊ 自分の考えの正しさを検証する以前に、自分の考えが正しいと証明する証拠ばかりを探して、反証情報に注目しない傾向があること。確証バイアス。

きをし、「使えない（쓸모없다）」は分けずに一つの単語として書かないと、文法的には正しくない。それは、「使えない」という表現が「使いでが／ある」という表現よりはるかに多く使われ、辞書に見出し語として登録されているから、という内容だった。そうだよ、世の中には「使えない」が使われることのほうが多いんだよ！　使えないことが多いほうが正常なんだ！　私だけが使えないんじゃないぞ！　私がそのたくさんの「使えない」のうちの一つなのは、ひょっとしたら当然のことなんだ、だから大丈夫なんだ、と、勝手に慰められ、涙を落としたのだ。

人は何かにせっぱつまると、あろうことか文法書にまで慰めや自己正当化のソースを無理矢理に見つけ出すという教訓を残したこのエピソードとレベルの違いこそあれ、読書という行為で本と自分がやり取りする相互作用には、多少なりともそんな自己偏向性が入り込みがちである。それこそ読書がおもしろく有意義な理由だが、読書量が決して知性の尺度となりえない理由、でもあるだろう（著名な読書家の中にだって、歪んで偏狂な視線の持ち主がどれほど多いかを考えれば、それを示す言葉も見出し語に掲載されるべきだと思う。「使える本がない」的な？）

直接した経験でも同じ。私は、「経験から学ぶ」という言葉を半分くらい信用している。忠告の無意味さを主張する言葉のうち「本人が直接経験する以上の答えはない」という文句も、やはり半分くらい信用している。半分は信じていない。経験を受け入れ、応用し、積み重ねていく過程には、あいかわらず確証偏向的な「信用できない私」が割りこんでくる。似た状況を先に経験した他人の忠告は、私とは異なるその人のみの経験談に過ぎないが、その「違い」が、自分がまったく悩みもしなかった別の可能性に目を向けさせてくれる。「余計な忠告をして、あなたの経験を左右するかもしれないから」「自分で選択した経験で学ぶのが本物だから」と口が重い人にアドバイスを頼むとき、私はこういつも言っている。「でも人って、いろんなアドバイスをもらって、最終的な選択に大いに悩むプロセスからも、いろいろ学べますので」

忠告にそのまま従わないにしても、悩む選択肢を増やしてくれる他人の経験談は、少なくとも私にとっては、大小さまざまの助けになる。たかが掃除機一つ買うのだって、あらゆるクチコミを探して目を通すのだ。人生のさまざまな決定を前にしたら、ますます多彩なクチコミを聞きたくなるだろう。掃除機の吸引力と重さにばかりにひたすら気をとられていたが、誰かのクチコミを見てはじめて、手の届かない家具の下まで完全に掃除できる機能へと意識が向き、さらには、それが自分の一番求めていた機能だと、一足遅れで気づかされたみたいに。

「自分の人生を一番心配し、悩むのは常に本人。そこに他人が言えることはない」という言葉も、私のように視野が狭い人間にはあてはまらない。私が、人生のいくつかの方向のうちの南東ばかり見ている人間なら、南東の方向ばかりを眺めて千回心配し万回悩んだところで、死んでも北西に目を向けようとは思わないだろう。私のことをよく知らず、たとえ何の気なしにかけられた言葉でも、その中に北西へと思いを至らせてくれる言葉が混じっているというケースを考えた場合、忠告を聞くことはあきらめきれない。頼んでいない忠告も同様。自分だけの世界に閉じこもって、今が忠告の必要なタイミングだと気づかずにやりすごしそうになっている時、頼んでもいないのに飛んできた忠告でエゴの片端が破壊されることもある。もちろん、忠告にはひどく不愉快な種類のものもある。だが、不愉快になっても北西が眺められれば、愉快に南東ばかり眺め続けて生きるよりマシだと思う。

そんなわけで、結局私は「老害おことわり！」を撤回すると同時に、「老害いらっしゃい！」と看板をかけ替えた。どうせ「おことわり」だろうが「いらっしゃい」だろうが、純血種の老害量は変わらないんだし。つまり老害とは、宣言してフィルタリングできるたぐいのものではないからヤメにして、「老害になるかも」と二の足を踏んでもじもじしている人の忠告を聴くために、心の門戸をぱあーっと開放したのである。そうやって歓迎メッセージを一年ほど、言葉でも示すし、文章にも書くし、口角を上げ頬の筋肉の弛緩を利用して顔にもぶら下げていたら、口が重くて慎重な人々の忠告も、ようやくまた聞こえてくるようになった。一年間であきらかに変わった忠告の量やバリエーションに、これをずっと遮断して暮らすところだったとあらためてヒヤッとした。と同時に、老害の威力も再確認した。老害って、実に恐ろしいね。疲れを知らない老害が人々を疲れさせる　↓　疲れきった人々が耳を塞いでしまう　↓　良質の忠告まで遮断される　↓　自分の中にとじこもる、この四段階のステップは、第二世代の老害の量産にぴったりのフォーマットなのだ。

他人に忠告をしないことで自分は老害をしていないと信じこむが、他人の忠告を聴かないことで、自分が老害になりかけていると知らずに生きていく。何度繰り返しても足りないくらい、そのことが恐ろしい。私が、見たいもの、聞きたいこと、好みに合うものばかりで作り上げた、透明で、閉じこめられていることにさえ気づかないガラスの箱の中に閉じこもっていたら、誰かに「そろそろちょっと出ておいで」「ここが出口だよ」と、ドアをノックしてほしいと思う。時には強く叩いて、ガラスの壁に亀裂を入れてほしいと思う。私が手放しの支持と激励と慰めでできた、平穏であたたかな部屋にあまりにも長い間休みすぎていたら、「換気タイム！」と叫んで窓を開け、強く冷たい外の空気を流し込んでほしいと思う。時には激しい突風で、部屋全体を揺さぶってほしいと思う。誰かにではなく自分でそうできたらとてもいいだろうが、自分だけを信じるわけには、いかないから。自分だけを信じては、生きていけないから。

# 先祖嫌悪はおやめください

残暑が長引き、秋夕《チュソク》＊1の頃になっても夏の名残があちらこちらにとどまって、節句の訪れを実感できないことが多い。それでも、もうすぐ秋夕の連休が始まるという事実を思い起こさせてくれるのが、ビジネスメールでのやりとりだ。あるタイミングから、「楽しい秋夕を」という一言が締めの一言に加わるのである。

いくつかのメールには、そのよくある挨拶の前後に意味深長な言葉が添えられていて、それが、また別の事実を改めて思い起こさせてくれる。例えば、某雑誌の編集者は「どういう秋夕を過ごされるかわからないので、こういうことを言っていいかどうかわかりませんが、とにかく、少しでも楽な時間になることを祈っています」と書いていたし、プロジェクトを一緒に進行中の某企業のディレクターは「秋夕は楽しいものであるべきですが、ひょっとしたらそうならないかもと心配で、それでも合間には楽しい時間が持てますように」と書いていた。私もまた相手に「こちらもやはり、どんな秋夕を過ごされるか存じ上げませんので、こういうことを言っていいかどうかわかりませんが、どうぞ、家父長制の磁場から最大限離れたところで、楽しい時間を過ごされますよう」と返事をした。季節の行事を前に女性同士、特に、お互い既婚と知っている女性同士で交わす節句の挨拶は、こんなふうに慎重で、心配が先にくる。ひたすら楽しい行事だろうという前提は、なかなか持ちにくい。

女性たちの「慎重になる心配な節句」は、単に女性に課される行事での家事労働量のせいばかりではない。直接体験するのであれ間接的に聞かされるのであれ、この期間は家父長制というしつこい悪習の残滓と集中的に向き合わなければならないからだ。長い間徹底して男性中心で回ってきたこのイベントで、女性は不平等さに屈服したり、一定の線まで妥協したり、正面から戦って拒否したりして、それぞれに苦痛を抱かざるを得ない。その中心にあるのが祭祀《チェサ》[*2]だ。国語辞典で「祭祀」を調べてみると「神霊や死者の魂に食物を供え、真心を示すこと。またはその儀式」と出てくる。赤ペンを手に、こう修正を入れたい。「(男性の身内の)神霊や死者の魂に(一滴の血も混じっていないよその家の女性が動員され、苦労して作った)食物を(手伝うとしてもせいぜいジョン[*3]を焼く程度の男性が)供え、真心を現す(男女差別集約的な)儀式」。

＊1　韓国の節句。中秋節とも言われる陰暦の八月十五日をはさんだ三日間が休日になる。親戚一同が故郷に集まって先祖の墓参りなどを行う。

＊2　先祖に食事を供えて行う韓国式の法事。長男を中心に一族の男性陣が進行を仕切り、女性は料理の準備など裏方に回ることが多い。

女性を憎悪する何者かが、女性を支配し、苦しめるために念には念を入れて考案した装置じゃなかろうかと思うくらいに、現代の祭祀は性差別を寄せ集めて塊にしたようなものだ。祭祀の準備を主に誰が、どんなふうにしているかはあえて書かない。知らない人はいないだろう。二〇二一年にも依然耳にする、「母親が取りやめて家の祭祀がなくなった」という話や、家に嫁が来たら即なかったはずの祭祀が始まり、離婚して嫁がいなくなったら即あったはずの祭祀がなくなる「嫁マジック！」みたいな話で、簡単に確かめられるだろうだから。

とはいえ、最近では男性がかなり「手伝っている」という話も聞くが、ほとんどはジョンを焼くくらいのもので、たとえごくごくレアなケースとして準備全体の五十％以上に寄与しているとしても、いや、男性本人の家の仕事、男性本人の先祖の祭祀なんだから、そもそも男性同士で一〇〇％すべてするのがあたりまえなのに、「手伝っている」「一緒にやっている」と自慢げに言うのは、ずいぶんと恥知らずなんじゃないかと思う。男性が一〇〇％すべて整えた席に女性が同行してくれるだけでも、感謝すべきではないだろうか。そうやって準備した祭祀が執り行われるさなか、女性たちがよくどんな目にあっているかを考えればなおさらそうだ。台所とリビングをあわただしく行き来して丁寧に用意した祭祀のお膳の前で、行事を執り行っているのは男性たち（女性は後ろに控えたり台所にいたりする）。女性たちが朝ごはんまで準備して、さげて、後片づけをするあいだじゅう、上座に座ってごはんを食べ、酒を片手に談笑して楽しんでいるだけで何も、ホントーに何もしない嫁ぎ先の成人男性の話（彼らよりも年上の女性たちが、すぐ横を雑巾がけしていたとしても！）は、節句のたび、ジョンを焼く油のニオイのようにくり返される。

やることが大変だろうがラクチンだろうが、短かろうが長かろうが関係はない。男性の家の行事に呼ばれて行って、その家の先祖を迎え、その家の親戚同士が集まって親睦と友愛を固める現場の暗い陰のほうで、前の世代、同世代の女性たちが、お世話をする尚宮《サングン》（朝鮮王朝の女官の称号のひとつ）のごとく労働している光景を見るだけでも、家父長制の中で「男性より低い地位に置かれる女性」とあからさまに確認させられるだけでも、非現実的な疲労を感じるし、侮蔑的な苦痛を受ける。だから、女性が男性の家の祭祀に参加してくれるというのはありがたがるべきことであって、絶対に当然のことじゃない。決して、当然じゃない。古い時代の性差別的な行事を「伝統だから」「家風だから」「もともとそうやってきたから」という理由で（本当に、そういう偽の「当然」ではなく、別の論理的な理由を示す人には一人も会ったことがない）二十一世紀に従う義務なんてないはずだ。あたりまえのように私を差別的な状況へ追いやる人が、私のことを一人の人間として同等に考え、家族の一員として愛しているはずがない。

もう一つ耐えがたいのは、節句を通じて家父長制の悪習を子どもたちがそっくりそのまま学習するという点である。お兄ちゃんが楽しく遊んでいるのに、その妹の七歳の姪は大人の女性

＊3　薄切りにした魚、肉、野菜などに味付けして小麦粉をまぶし、溶き卵をくぐらせて油で焼いたもの。祭祀の供物料理に欠かせない一品とされる。

たちにならって黙々とお膳の上に箸をおき、キッチンタオルで床を拭く真似をしているのを見てギクリとした。大人たちが「○○ちゃん、大人になったわねぇ！　アイゴー、偉いわぁ」「やっぱり女の子はおりこうさんね」という褒め言葉をかけた時は、大急ぎで駆け寄って姪の耳を塞ぎたくなった。褒められてうれしがり、にっこり笑うこの子が、節句のたびに大人の女性のしていることを見て、それを「女の仕事」だと学んだらどうしよう？「女の仕事」を「女らしく」こなすたび大人から褒められる喜びを内面化して、自分が本当にそれを好きだと錯覚したらどうしよう？　すぐにでも言ってやりたかった。あんな言葉、耳を貸しちゃだめだよ。台所仕事を手伝って、お膳を用意して、雑巾掛けしたからって、決してかわいかったり偉かったりするわけじゃない。どこにいっても、簡単に台所仕事なんか手伝わないで。だが、その子の母親も黙っている状況で到底しゃしゃり出ることはできず、言えなかった。

　家父長制がばらまく有害なメッセージは、こんなふうに伝統行事を通じて強化される。教育の場としても最悪だ。チョル〔韓国式の拝礼〕をする資格があるのは男性だけ、労働の義務があるのは女性だけ、というこの状況を、子どもたちにどう説明する？　男性たちはリラックスして遊び、女性たちが後片づけをしている姿は？　私にもし子どもがいたら、今と同じやり方で祭祀を行っている家には、決して足を踏み入れさせたくないくらいだ。（かれらがこういうことに乗り出すはずはないと思うが）政府が「祭祀効率化五か年計画」や「祭祀革新タスクフォースチーム」を作り、今後五年間、祭祀のすべてを男性だけで準備しなければならないという法律を作ったらどうなるだろうか。女性の家の祭祀の食べ物まで、すべて男性が準備しなければならないという強力な規定で。そうしたら、三年もせずに普通の祭祀はすべてなくなると思う。

祭祀をなくそうという話に、反論にならない反論として上がる声がいくつかある。よく言われるのが「誰の犠牲も強要もなく、本当にやりたい人たち〈だけ〉で集まって祭祀を準備をして進めれば、わざわざなくす必要はないのでは」という意見。同意する。礼を尽くし、死者を敬うという意識自体は尊重に値するし、そうなりさえしたら誰がどうこう言うだろう。私にだってやっぱり、心から祭祀を行いたい死者がいる。

これよりさらによく登場するのが、嫌だというのとはまた別の、祭祀をきちんとしないと先祖が怒りそうで怖い、というもの。「心をこめて祭祀をすれば、先祖が福をもたらす」という文脈の逆バージョンとして現れたのであろう、「先祖をきちんとお迎えしないと罰が下る」「祭祀をしなければ子孫が災いを被る」的な恐怖システムが埋め込まれた言葉は、意外にも強力だった。こんな言葉を全面的に信じているわけでなくても、祭祀に参加しないほうが余計気になるので欠席できないという同世代は結構いるし、一生祭祀の準備なんてうんざりと嘆きながらも、そういう理由から、とてもではないがナシにできないという上の世代は実に多かった。

ほかならぬこの手の話は、忘れた頃にどこかから必ず、聞こえてくる。祭祀を自宅ではなく寺でやり始めた年から、家族のうちの誰かが重病になり、誰かが突然倒れ、誰かが事故でケガをするなど災難続きになった、秋夕に海外旅行に行くことにして初めて祭祀をパスした誰々さんが、その年、突然スキャンダルの巻きぞえになって会社から追い出されたという、現代の都市伝説。同僚の父親は、きちんと真心がこもっていないと子孫に罰が当たるからと、祭祀のお供えに出来合いの物を決して並べず手作りにこだわっているらしいし（もちろん、手作りするのは父親ではなく母親だ）、祭祀をパスしたら、ひいおじいさんやおばあさんが「お腹すいた」と怒る夢を見たという人には、二十人以上会っている気がする。

いや、でもね、なんでこう、話がすっかり「特定集団」にばかり有利な感じに、選別的に組み立てられるんだろうか。蝶よ花よと手に一滴の水も触れさせずに苦労して育てた孫娘を、季節の行事だといっては呼び寄せてこき使う男の家族に罰を下す先祖の霊の話は、なぜないのだろう？　それこそ、一つの家を葬り去ってしまいたいぐらいの出来事だろうに。男性の家の祭祀を執り行うために、自分の家の祭祀には何年も帰れないでいるひ孫の娘夫婦に怒って、男性の家に呪いをかけるという先祖の霊の話を聞いたことがあるだろうか？　何より、子孫に福か災いかを選んで下せる強大な力を持ちながら、食事一食も自分でどうにかできず、お腹がすいたと夢にまで出て来るなんて、本当にオリジナルな魂としか言いようがない。

こういう、伝説というよりは怪談を聞くたびに、質問したくなる。「あなたは、あなたの誕生日に家族や友人が心をこめた手料理でもてなしてくれなかったり、忙しくて祝うのを忘れ、スルーしたりしたら、寂しいを通り越して怒りをメラメラ燃やし、その人たちが重病になればいいとか大怪我をしたらいいとか思うんですか？　滅びてしまえと呪いをかけて、具体的な復讐計画を練ったりするんですか？」大部分の人は違うはずだ（文明社会の人間の常識を信じたい）。なのに、自分はそういう人間ではないと思いながら、なぜ先祖の魂はそうだろうと信じるんですか？　ついでにこんな疑問もある。あなたが人から「あいつ、記念日をちゃんとやってやらないと、恨みに思って何度も何度も嫌がらせをしてくる人間なんだ」と思われていたら、どんな気がします？　すぐに「人を何だと思ってるんだ！」って、言いたくなりません？　気分悪くありません？　自分はそういう扱いを受けたら気分が悪いのに、先祖には一体どうして、そんなふうなんですか？

まったくもって、先祖に対してあまりの無礼という気がする。自分たちは自らを常識的で理解のある人間だと想定しておきながら、無実の先祖のことは、子孫のしんどい日常や事情なんかを推し量れない、ただもうごはんばかり欲しがって挨拶されることばかり望むソシオパス扱いしてしまってるんだから。どんな人生を生きてどんな人格だったかは関係なく、死んで先祖になった瞬間、愛情不足、ごはん執着症、心が狭くて意識が低い悪鬼や怪力乱神の扱いをされなければならないなんて。これって、あまりに悔しくて、恐ろしくて、心安らかに死んでいられるだろうか。私が先祖なら、ごはんをもらえないことよりも、それしきのごはんを用意してもらえないといって子孫の人生をメチャクチャにし、呪いをかける平均以下の人格、と扱われることのほうに怒るだろうし、祭祀のお膳をひっくり返してしまいたくなるはずなのだが。

そんな心がけで執り行う祭祀こそ、非常に真心こめて先祖を侮辱する行為なんじゃないだろうか。「祭祀をすれば福をやり、しなければ罰を下す」なんて、韓国の先祖をいったいどこまで、せこくて幼稚にするつもりなんだろう。いったいいつまで「ごはんに目の色を変える」というイメージで消費するのか。あの世にいる、世界各国の先祖を前にして、韓国の先祖の体面はどうなる？　とりわけあの世でまで生前の習慣をひきずって、子孫がくしゃみをしただけでも「bless you（祝福あれ）」と反射的に口にしてしまう文化圏の先祖の隣で、だ。何かといえばそうやって子孫（特に女性たち）を苦しめ、祭祀をさせているというだけでも、韓国の先祖イメージはすでに最悪なのに（実際、韓国の祭祀がどう行われるかを聞いた外国人は、文化圏を問わず大部分が驚愕する）。

私たちは、こうした先祖蔑視と先祖嫌悪をやめなくてはいけない。これまで祭祀を行うことで、むしろ先祖の自尊心を傷つけ、名誉棄損の被害を与えていたのであれば、今からでも祭祀を取り止めて、先祖への深い信頼を表現してみたらどうだろう。われらが先祖は祭祀なんかに恋々とせず、いつも広い心で子孫の繁栄を祈っているんだと、生きるのにへとへとの子孫がベッドに寝っ転がったまま、節句のあいだじゅうよく休んだり、ふらっと旅に出て充電したりするのを願ってやまないはずだと信じよう。先祖がそんな「無条件」の慈しみを子孫に見せる機会を、むしろこれまで祭祀が奪っていたのではないか。今からだって遅くはないのだ。先祖の品格を無条件に信じ、かれらに礼儀を尽くす必要がある。

今年も、祭祀に参加しないことで先祖への礼を尽くしながら、ふと、連休前に慎重で心配な秋夕の挨拶を交わした人々の消息が気になった。自分が返信に書いた「家父長制の磁場から最大限離れたところで、楽しい時間を過ごされますよう」という文句が気にさわった。イマイチだ。家父長制の磁場が届きもしない場所でみんなが公平に楽しめること、女性たちの秋夕の挨拶がもっとシンプルになって、季節の行事がただただ楽しいだけのものになることを、満月に向かって切実に願うという以外にも、私たちがともにやりとげられることはあるはずなのだ。

# 納涼特集　私の幽霊年代記

目隠しの帯で登場人物の目が覆われた、映画『パラサイト　半地下の家族』のポスターを見てからというもの、数日間強い既視感に悩まされた。似たようなイメージを、どこかで見たような……。なんだったっけ。確かに見たんだけどな。ゾワリとした雰囲気が漂うどこかで。ウエストの穴のずっと奥に入り込んでしまったゴムの端をようやく生地の上から探り当て、んむむむ、と言いながら外に引っ張り出すみたいにして、記憶の中からイメージをつかみだそうと必死だったある日のこと、ベッドの上に転がって眠りの訪れを待っていると、ミミズが這い出てくるみたいにゴムの端がにゅるっと外に顔を出し、はっきりとした像を結んだ。恐怖に脅えきって瞳孔と口を大きく開けた子ども、その子どもが落とした本、その後ろで、背景のように青白い顔をして立っている幽霊。幽霊のそれぞれの顔に、目隠しの帯があった。小学校二年生だった私を、恐怖でがんじがらめにした本、『ゾクゾク、恐怖体験』の表紙のイラストだ。

出版社「大教文化」の本が、ものすごく好きだった。なかでも『ゾクゾク、恐怖体験』は『明日新聞大特ダネ』とともに、今でもはっきり記憶に残っている本だ。何年かして、出版社「一つの思い」から全登場人物、いや、全登場幽霊たちがそれこそ思いを一つにして、読者たちを相当なレベルで怯えさせる『恐怖特急』というベストセラーが生まれた。当時を代表する怪談本として多くの人々がその本を推しているが、あの頃すでにオカルト的な恐怖に一定の免疫があったからか『ゾクゾク、恐怖体験』ほどは怖くなかった。本のいくつかの場面が話の文脈から切り離されて、そのイメージだけで、ある種のトラウマになるほどだった（チェ・ジュンシク画伯の不気味な挿絵が、一役買っていたと思う）。

私が一時期、どれほど幽霊を怖がっていたかと言うと、十代にもなっていない子がよく口にするくだらなくて突拍子もないやりとり、たとえば「ママが好き？　パパが好き？」「ディプロドクスを飼いたい？　トリケラトプスを飼いたい？（当時、私をはじめとする一部の子どもたちの人生は、まさに「恐竜期」だった）。「スイカになりたい？　マクワウリになりたい？」的な質問のうち、「人と幽霊、どっちが怖い？」と質問されたら、実は人のほうがずっと怖いと思っていても無条件に、無条件に「幽霊」と答えていた。「人」と答えたら、ひょっとして幽霊に聞かれて、「ナヌ？　俺様より人のほうが怖いだと？　どーれ、懲らしめてやろうじゃないか！」と言いながら目の前に姿を現すかもしれないと、本気で恐れていたのだ。ひょっとしたら私の言葉に気を悪くするのではないかと思い、「幽霊！」と、通りすがりの幽霊みんなに聞こえるほどの大声で返事をし、こっそり幽霊の肩を持っていた。

韓国造幣公社の社長が、死んだ娘「キム・ミンジ」の名前の一部や身体のいくつかの部位を貨幣の図柄に埋めこみ、そのすべてを発見した人は、どこからか現れたキム・ミンジに八つ裂きにされて命を落とすという「キム・ミンジ怪談」[*1]が流行った時、その秘められた絵柄に勝手に目が行って、うっかり全部を見つけてしまう悲惨な展開になるのではないかと恐ろしく、小銭や紙幣を一秒以上は見ないようにしていた。母が初めてベッドを買ってくれると言った時は、「ベッドの下」という空間的な余地を決して許してはいけないという一心から、床にぺったりとくっついたベッドでなければ嫌だと言い張った。「ベッドの下」に似た空間として「カーテンの隙間」があるが、友人と映画『スリーメン&ベビー』を観に行って、カーテンとカーテンのあいだの少年のような何か（幽霊説が強く言われていた）に気がつき腰が抜けそうになってからは、カーテンを引くたびにわずかな隙間も残さないよう、並々ならぬ注意を傾けた。

ある程度幽霊への恐怖が薄れかけた時期に、日本の植民地時代と深く関わりのある幽霊が出るということで有名な高校に進学、そのせいで再び緊張の糸がグッと張りつめた。一人にならざるを得ないトイレの個室が怖くて、めったなことでは行かずに膀胱を酷使し、夜道を歩くとなれば、ありとあらゆる音に耳を傾けるために聴覚を酷使し、エレベーターは一人だろうが誰かと一緒だろうがなかなか落ち着かなくて心臓を酷使した（唯一、母と一緒の時は安全圏だと思っていたが、「私があんたのお母さんに見える？」[*2]のせいで崩れてしまった。そういう点で本当に残忍な怪談だ)。苛酷な時代の象徴だから、むやみやたらと怖がる反面、非常に申し訳ない気持ちも抱いていたその幽霊たち(正確には幽霊の噂たち)とも高校卒業と同時にサヨナラかと思いきや、入った大学はかつての安企部[*3]の建物をそのまま使っていたところで、引き続き軍事政権時代の幽霊と出会うことになったのは、泣きも笑いもできない運命のいたずらといえる……。

大学時代は、韓国の近現代史に関する本をずいぶん探して読み、友人達と学習会をしていた時期でもある。それもあって、残酷な拷問や無念の死が影のように張り付いたキャンパスの怪談が物悲しく切ないものに思えたのか、はたまた、単に思春期を抜け出して大人になったせいか、ある時点からはもう幽霊を怖いと思わなかった。午前二、三時あたりに幽霊がやって来てノックをするという地下の編集室でひとり徹夜もしたし、軍事政権時代に軍用車を停めていたからか、真夜中になるとエンジンやキャタピラの音が聞こえるという空き地を一人で横切りもした。大して怖くなかった。むしろあの頃、私は別なことが怖かった。

作業の特性上、スタッフと一緒に地方で数日以上の泊まり込みをすることがとても多かった。

＊1　一九九〇年代に韓国で流行した怪談。バラバラ殺人事件の犠牲となった娘の怨念が、貨幣の図柄にこめられているとされた。あまりの流行ぶりに造幣公社側が「該当者がいない流言飛語」と噂を否定した。

＊2　韓国の有名な怪談の一つ。学校帰り、一人でマンションのエレベーターに乗るのが怖いという少女を、母親が迎えにくる。安心してエレベーターを使えると喜ぶ少女に、母親だと思っていた女性がこのセリフを言い放ち、少女を恐怖のどん底に突き落とす。

＊3　韓国のかつての情報機関「国家安全企画部」の略称。

ソウルに戻る前日の夕食は打ち上げになることが多く、そういう飲み会ではいろいろよくない噂のある、すでに目つきや言動の怪しい男性が一人か二人、混じっていた。なぜそういう人ほど、あれほど狭い社会の中で誰かを意のままにする権力を握れたり、ヒエラルキーの頂点に上りつめたりできていたのか。あるいは、そういう人だから、ハチャメチャな行動ができたのか。チームの中でそれなりに「鼻っ柱が強い」人でさえ、わざわざ突っかかったり積極的に止めたりというのは難しかった。なぜそういう人ほど、飲み会でつぶれずに最後までピンピンしているのか。周囲がいくら遠回しに言っても聞こえないフリをし、平気で卑猥な言葉を投げかけ、横にいる女性にさりげなく体を寄せ、外に出て風に当たってこようとしらじらしい誘いをかけるのを目にするたびに、あまりの厚かましさに鳥肌が立つほど不愉快になったし、恐ろしかった。

そういう場所に突如召喚されるのが、幽霊だった。何人かの気の回る女性たちは、外に出る用事ができると「幽霊が怖いからトイレに一緒に行って」と他の女性たちに頼み、言われた女性はそそくさとついていった。要注意男の誰かが「オレが一緒に行ってやる」と言って聞かずに立ち上がる気配を見せれば、女同士でなければトイレの中まで一緒に入れないじゃない、という理屈でなんとか追い払った。そうやって外に出ると、本当に幽霊が怖いみたいに腕をしっかりと組んで、ピッタリくっついてトイレまで行き、二人は残ってトイレ前の見張りに立った。幽霊だろうが人だろうが、誰も立ち入れないように。誰も、やたらとのぞきこめないように。

外に出たついでに幽霊でない誰かに電話をしたり、適当な場所に座って酒でよどんだ気分に活を入れたりして、これ以上遅く戻ったら不自然と思われるタイミングで、えいやっと戻ったものだ。本当だったら中に残っている女性全員をそれぞれの家に帰したかったが、流しのタクシー一台いない不案内な土地では無理な話だった。

今思えば、その程度の何が怖くて「お前らが問題だ」「ちょっかい出すな」「近くに来るな」とキッパリ言えずに、幽霊を持ち出していたのだろう。こちらが正体を知っていることがバレた瞬間、一応はまだ「ジェントル」ぶっている仮面の下の、怪物のような本当の顔が現れそうで怖かったのだろうか。貨幣の中に隠された絵を全部見つけたとバレた瞬間、どこからかキム・ミンジが現れるみたいに。幽霊の気持ちを逆撫でしそうで「幽霊」と叫んでいた臆病な子どもは、成長して、人の気持ちを逆撫でしそうで「幽霊」と叫ぶ二十代になっていた。

時は流れ、いくつか異なる職業を経験してさまざまな人とつきあい、たくさんの女性の同僚や友人と出会ううちに、業界が違えど世代が違えど変わらないのだとわかった。業界や世代を問わず、女性を苦しめ、恐れさせるものは、違うようでいて結局似ている。あまりに似すぎていて悔しかったし、唖然とした。脅威から逃れるために作り出すものまで、どれほど似ている ことか。男性上司に悩まされて、いもしない婚約者を作り出し、玄関に男物の靴を置いて、いもしない同居人を作り出し、タクシーの後部座席で誰かと電話するフリをして、電話機の向こうに目撃者を作り出し、いつでも性犯罪として法的措置を取れると警告サインを出すつもりで、法律家の親戚を作り出しもする。それぞれが自分を守るために召喚した、実体のない存在たち。私たちの幽霊たち。

いまや、幽霊を恐れていた時代ははるか彼方だが（むしろ幽霊とある種の協力関係なわけだが）、人生のある種の恐怖は、あいかわらずあの時、あの時代のまま、つきまとっている。そんなはずないと思っていても、留守の間に入り込んだ誰かが息をひそめているかもしれない「ベッドの下」はあいかわらず陰湿な空間だし（都市伝説に必ず「ベッドの下の見知らぬ男」が登場するのは、女性たちの無意識に深く根づいている恐怖が反映された結果だと思う）、高感度カメラやドローンで高さ二十階のオフィステル（住居を兼ねた事務所）まで「盗撮」されるこのご時世、下着姿でリビングをうろうろしていてふと不安になり、急いで服をまとう女性たちにとって、「カーテンの隙間」はやはり依然としてぎくっとさせられる空間だ。犯罪を企てた誰かが来るかもしれないし、「盗撮カメラ」が仕掛けられているかもしれない公衆トイレが怖くて、依然として膀胱を酷使している。一人の夜道、一人あるいは誰かと一緒に乗るエレベーターなど、すべてが依然として怖い。このすべてが依然として怖いことが、一番怖い。

一方で、近頃私には新たな幽霊友達ができた。カン・ドゥシクとチョン・ピルモ。二人とも、年の頃はおよそ四十代半ば、筋肉質の体の持ち主で、格闘技に長けているらしい。「女ひとりで暮らす家」あるいは「女だけ暮らす家」であることを隠すため、友人たちが宅配便の受取人名に思いついた人名で、その後面白半分に（また切実な願いを込めて）自分を守れそうな能力値をプラスした、架空の男性キャラクターだ。実は、この手のキャラクターは一人や二人できかない。クァク・ドゥパル、クォン・ピルサン、ハン・マンチョル、ウ・グッチャン、チョ・グァンベ……ここのところ立て続けに発生している女性を狙った犯罪に不安が増幅し、結構前から宅配便の受取りなどに使える「強面っぽい男性名リスト」がさかんに各オンライン・コミュニティで共有されているし（ちなみに、前の部分で「新たな幽霊友達」と紹介したカン・ドゥシク、チョン・ピルモは私が即興で作った名前だ。友人たちが実際に使っている名前は伏せておく。仮名をさらに仮名にするという、妙な状況である……）、宅配便の送り状を捨てる時に個人情報が流出しないよう、アセトンを振りかけたりローラースタンプで上書きする、といった方法も共有されている。私はすぐにローラースタンプを注文したし、友人は家庭用小型シュレッダーを購入した。

先日、友人に本を送るために郵便局に寄った。「チョン・ピルモ」という名前を、友達が購入したシュレッダーでズタズタにされることが運命づけられた送り状へと大真面目に書きこんでいて、ふと胸がつまった。家でさえ安全ではなく、この世に存在しない人をたえず作り出し、一方では、この世に存在している人の痕跡を精一杯消さざるを得ないというこの現実に。必死のあがきに。私たちは、いつまで安全でいられるだろう？　どこまですれば、安全でいられるだろう？　名前だけで実体のない私たちの幽霊が、どうか自分の役目を果たしてくれますように。アセトンとローラースタンプで消される名前の主人たちが、みな無事で安全なことを祈りつつ、郵便局を後にした。こうして、納涼特集のつもりで書き始めた「私の幽霊年代記《ヨンデギ》」は「私の幽霊連帯記《ヨンデギ》」で終わるのだった。

# スーパーで、ようやく

何事にも、結論先にありきの頭括型《とうかつがた》というよりは、いろいろあって結論が出る尾括型《びかつがた》タイプだった。たとえば、○○○になりたい、○○○にならなくては、みたいな目標を最初の一行に掲げて、それに合わせて精進するというよりは、その時々の興味や置かれた状況、決して無視できない偶然にしたがって、時間の歩幅通り進むうちに、「○○○になってた」という最後の文章にたどり着くのがお決まりだった（その後ろに新しい段落が始まれば、そこから先は「最後の文章」ですらなくなるのだが）。尾括型のよくない点は、明確な目標がないせいか、たまに〈行き当たりばったり〉に見えること。他人にそう見えるだけならともかく、自分で自分がそう思えると、かなりげんなりする。

最初の本が世に出たのは三年ほど前だった。文章を書くのが楽しくて、ずっと二次創作物《ペンピク》やブログで書いているうちに、いくつかのメディアで原稿料をもらって掲載されるようになったため、当時の私は自分を、おそるおそる「物書き」と定義していた。そのうちふと、「作家になりたい」あるいは「作家にならねば」とまでいかないにしても、最低限「かくかくしかじかな文章を書きたい」（例：人々の胸を打つ感動的な文章を書きたい、この世のあらゆる差別に立ち向かう文章を書きたい）的な目標がなきゃいけないんじゃないか、そういうのもないというのは、かなり怠惰なのではないか……と反省するようになった。その手の怠惰は、ムードに流されて誰かの立場を無神経に排除してしまう文章や、自由を気取りながらどっちつかずの卑怯な文章を書く原因にもなるから、多少追い詰められるような、切実な気分で悩んでいた。この件についてだけは、「頭括型」でありたかった。最初の一行を、絶対に見つけたかった。だが簡単ではなかった。最初の一行にたどり着くのは、いつも難しい。

　引っ越してきたばかりの頃、Tと近所の中型スーパーをのぞきにいった。もともとスーパー見学が好きで、外国に旅行に行っても、博物館にでも行くみたいにスーパー探訪に惜しみなく時間を費やす私たちは（実際、人類が滅亡しなければ、そこにある商品は遠い未来の博物館の展示品、と思っていいはずだ）、今後しょっちゅう利用することになるスーパーに慣れるために、隅々まで熱心に眺めた。そして発見した。片隅にかかっていた、はじめましての商品。小さな刷毛が垂直に差しこまれた小型のプラスチック容器で、名前は「海苔《キム》用刷毛《ソル》置《トン》き」だった。キム、ソルトン？　なんだか「五年二組十一番　キム・ソルトン」と呼ばれても違和感のなさそうなこの名称を、私たちははじめて知った。それは、海苔に胡麻油を塗る時に使う、「海苔《キム》用刷毛《ソル》」

を収納しておく容器だった。

　食べ物を自分で手作りするとか手間をかけるとかにまったく興味がなく、料理も調理も避けて生きてきたから、料理道具、調理器具の世界に無知な私はもちろんのこと、Tも見覚えがない商品だと言う。私はその海苔刷毛置きに軽いショックを受けた。とりあえず、ありとあらゆる品がすべて揃っている大型スーパーでもなければ韓方〔朝鮮半島で発展した伝統医学〕用品店とかボクシング用品店といった専門の商品を売る店でもない、見慣れない品が混在していてあたりまえの外国の普通の街のスーパーでもない、限りなく日常的な商品でいっぱいの近所のスーパーで、とはいえ四十年近く生きていてはじめて知る物を発見したということが新鮮だった。おまけにその品物が、ハイブリッドだの第四次産業革命の兆しをチラッと漂わせる現代的な何かではなく、これほどまでに形も用途もシンプルな「海苔刷毛置き」であることも。

　生活感にあふれ、妙に合理的なこの小さな品物は、私の認識のステップをいっぺんに数段階すっ飛ばした。知らなかった物を初めて知ったという以上だった。大昔、母方の祖母が、たまに四角い海苔をお膳に広げて海苔用の刷毛で胡麻油を塗っていた姿、遠足の朝に母が海苔巻きの上に刷毛を行ったり来たりさせていた姿が、香ばしい胡麻の香りと一緒に頭によみがえった。あの脇に、海苔用刷毛置きふうのものはあったろうか？　わからない。あったとしても、とりたてて注目はしなかったはずだ。海苔用の刷毛の存在を思い出したのだって数十年ぶりなのに、さらにそれを入れる「専用」容器だなんて。ひたすら「海苔用刷毛」という、（通常この品が日常で露出する度合いを考えれば、あまりにマイナーな感じの）それを保管する、別途製造された容器が存在するなんて。その事実が妙に不思議で、愉快で、ほのぼのした。

おまけに、海苔用刷毛置きを見ていると、それ以上に刷毛を効果的に保管する方法がまったく思い浮かばなかった。使った後でこの容器に突っ込んでおけば、ほんとバッチリだね！　海苔用刷毛置きに胡麻油を入れておいて、刷毛をひたして使うのもよさそう！　なんだか楽しくなってきて、海苔用刷毛置きの前でTとそんなやりとりを交わしているうちに、ふと頭括型の文章がひとつ、尾括型人間の頭に、いや、心に刻まれた。

海苔用刷毛置き、みたいな文章が書きたい。

そう、これだよ。私は突然、海苔用刷毛置きみたいな文章が書きたくなった。地球上の重要度では海苔に及ばず、海苔に塗る胡麻油に及ばず、胡麻油を塗る刷毛にも及ばない四次的な（第四次産業革命的な、ではなく、普通に四次的な）存在ではあるが、だから国民的道具としての有用性なんかは獲得できないが、誰かにとっては明らかに、その無駄そうながらもシンプルな効果が、とても喜ばれる存在。目にした瞬間「世の中にこんな物が？」という新たな認識と、（海苔用刷毛のように）忘れさられていた他の何かへの再認識を、同時に呼びさませる存在。そしてその認識というものが、まさしく海苔に胡麻油を塗るのと同じくらいの重要性を持つ存在。

海苔用刷毛置き。とうとう見つけた。私が書きたい文章。頭括型を叶える、最初の一行。

近所のスーパーで海苔用刷毛置きを発見したあの日が、生涯で一番、下手すると唯一、作家というアイデンティティに接近した瞬間だったかもしれない。そんなふうにして最初の一行をいきなり掲げてから、五年余りの歳月が流れた。この間に書いてきた文章が、果たして海苔用刷毛置きと似ているかはよくわからないけれど（あまりにも偉大な品を目標にしすぎたかも……）、とりあえず、今日も書いている。なかなか目につかず、忘れられがちで、ささやかでかすかな何かを、容器につめこむ気持ちで。

## 彼のSNSを見た

もう十一年も前のことだ。当時私は、Aというミュージシャンに完全にハマっていた。彼の歌、演奏、作詞、作曲、編曲、インタビューからうかがえる社会への目線、気の利くところをアピールしようと派手に騒がなくても、文脈にさりげなくにじんだ独特のユーモア感覚、仲間と一緒の時にちらりと見せる懐の深い言動など、理想とする基準すべてにピッタリあてはまる人だった。今では、「Aのこと好き?」と訊くよりも「もしかしてA知ってる?」と質問しなければならない、人気以前にまず認知度から先に確かめなければいけない感じの人だが、当時はマニアと言われる人々もささやかに存在していて、私はその一人だった。

そんな彼が、ある日ひょっこりSNSのアカウントを作った。彼のキャラクターを考えると、到底そういうものとは縁がなさそうだったので少し驚き、若干微妙な気分でフォローボタンを押した気がする。もともとやっていたならともかく、好きな芸能人が新たにSNSを始めると、ひたすら喜んでばかりもいられない。ＳＮＳで何かやらかしでもしたらと気になるし、それに、知らないままでいたかった、知らなかったからこそ、こうしてファンでいられたのかもしれない部分をわざわざ知らされそうで、怖いところもあったのだろう。

ファン度を試される事態は、想像したよりずっと早く、意外なところで発生した。フォローの翌朝、彼のアカウントをチェックした私は、何とも言えない複雑な気分に包まれた。ぽつんと一つだけアップされていた最初の挨拶の上に、昨夜彼がひとりで、あるいは誰かへの返信として、書き連ねた文章が四十個ほどアップされていたのだ。されていたのだが、そこまではいいのだが、全部、いいって言えばいいし、いいと思えないといけないのだが……彼の誤字脱字、言葉の誤用が本当に、本当にすごかった。単なるうっかりミスではない。それなりに確固たる法則があって、間違うところは常に間違えるという一貫性があった。その後も、彼の近況や考えたことをその都度知りたくて、一日数回はアカウントをのぞいていたのだが、見るたびにどうしようもなく心が騒いだ。

最近ネット掲示板に出没する「誤字脱字レジェンド」的な荒唐無稽な間違いではなかった。ただ彼は、人に時折着衣を促し（コンサートに着てください）、コチユジャンチゲを愛するあまり、黙って火にかけておくべき鍋に余計なことをし（さっき鍋に火をかけました！）、そんなことをしていたら膝が割れるのでは心配になるくらい、使わなくてもいいところで無理やり膝を使った（「膝」を割って話す）。「濁点」を愛しすぎる一方（命がらがら、ガチンとくる）「半濁点」

は毛嫌いし（ビッチをあげる、ビントが外れる）、何よりも嫌いなものが戦争なのか、「ウォー」を決して使わなかった（ミネラルオーター、オーキング）。「もちらん」（正確には「もちろん」）のように、一瞬どこがおかしいか気づかずにスルーしそうになる斬新な言葉遣いも、毎回していた。

　ある明け方、彼が「依然」から知る音楽仲間と、ずいぶん長い時間「騙って」きたというその日、何か限界に達した気がして、私は三か月経ってはじめて、自分のＳＮＳに苦い思いを吐き出した。揺るぎないはずの愛情が、彼が文章を一つアップするごとに、ぐぐんと目減りしていく悲しみについてだった。検索で引っかかるかもと名前こそ言及しなかったが、大部分の人は誰のことか気づいたのだろう。それでなくても、たまに彼の文章をＲＴするたびに「ちょっとガッカリ」とか、「あなたはこれでも平気なのか、ちょっと気になります」と心配されたり、「マネージャーが少しＳＮＳ管理してあげなきゃ」などの共感を示すリアクションが飛んできていた頃だったのだが、そこにひとつ、こんなコメントがアップされた。「家が苦しくて、バイトの合間になんとか自分のしたい音楽をしていたから、他のことに気を向ける時間もなかっただろうに。たかだか誤字や誤用がひどいから、どうだと。そういうことをどうこう言う人って、あんまり……」

　後に続いていた言葉が「じゃないか」だったか、「傲慢だ」だったか、「浅はかだ」だったか、記憶ははっきりしない。どんな言葉でも関係ない。どれであれ、すべて正しい言葉だから。ひょっとしたらそこで終わっていて、何の言葉も続いてなかったのに、自分が頭の中で早とちりをしてくっつけたのかもしれない。すべて正しい言葉だから。私への言及はなかったが、私に向けられた言葉なのはほぼ確実で、そのコメントを見た瞬間、顔がカッと熱くなった。

Aがどんな道を歩んできたか、もちろん知っていた。彼をあれほど好きになった理由も、大変な状況にありながら時間を捻出し、心を整え、最後まで音楽をあきらめず、にもかかわらず「苦労と努力の物語」で自分を飾り立てもせず、競争や人気に執着せず、そんなことに時間を費やすのさえもったいないというようにひたすら歌い、曲を書き、演奏し、それを心底楽しむ彼のエネルギーが眩しかったからだ。簡単に入手できる情報で、ざっくりと彼の人生のタイムラインをイメージするだけでも、音楽に使える時間がいつも足りない人だった。生計を支えるため稼ぐのに忙しく、決して十分な時間はなかったはずだ。その事実が、彼の文章作法にどれくらい支配的な影響を与えたかはわからない。だが、とにかく私には、その二つをつなげてみるという想像力がまるでなかった。

その日私は、それまで自分が基本的な一般教養と思ってきたもの、社会が基本的な一般教養と設定してしまっているものを、なんの批判もなく利用してきたことについて考えた。そういう態度が、時に無意識のうちに消し去ってしまうものについても考えた。たとえば多くの人が、マナーの基本中の基本、という美名のもと、「TPOに合った服」的なものを設定し、それで人の基本を判断しようとする。だが、TPOに合った服って、一体誰が決めたんだろう？　わかっていなくても、すでにTPOに合った服を持っているとか、買える環境が整っている人が決めたはずだ。少なくともスーツを用意する余力がなく、誰かの結婚式のたびに電話をかけまくって、必死の思いで借りている人が決めたようには思えない。

文章作法もまた、多くの人が「現代人が基本として備えるべき一般教養の限界ライン」とされるものの一つである。作曲し、絵を描き、エクセルを使いこなすのは特定の人がすることだが、メッセージ一つであれ文章を読み書きし、話すことは日常の出来事。そこで使われる、社会的な約束である文章作法を基本的な一般教養と見なすのは、かなり合理的な気もする。

だが、時にこの「基本」という、あまりにも確固たる単語は、「基本」の外側にいる人々のそれぞれ異なる文脈や状況を、たやすく消し去りもする。Aと私は、成長の過程も没頭した対象も違うのに、Aの誤字や誤用を見て「どうして文章の書き方をよく知らないのだろう?」と疑問に思うことさえしなかった。なぜか? 基本だから。基本というのは理由を問わず、ある程度あたりまえに備えられているべきものだから。だから「基本」と言われるのだ。基本の一般教養というのは、時が来ればどこかからポトッ、と落ちてくるものでもないし、年を取るのと同じように、歳月によって自然に増えていくわけでもない。学んで身につけるだけの時間やエネルギー、環境が確保されていなければならない。だが、誰もがそれを同じように確保できるわけではないという事実を、忘れていた。「基本」で誰かを判断するときに排除されがちの不利な立場を、忘れていた。たとえ同じ条件でも、人によって適性や偏り、得意不得意はどれほど違うことか。
おまけに、「基本」という単語には、基本を満たしていないある部分を、その人の全体にまで拡張してしまう力がある。一人の人間への好感度を左右するほどに。作曲できないことは嘲笑の対象にならないが、誤字や誤用はまずネットの掲示板で、からかいの対象にされる。大体が「格落ち」「レベルがわかる」ひどいときには「知能が低い」という言葉まで、皮肉コメントとしてよく書き込まれていた。「誤字脱字がある人とは決してつきあってはいけない」という趣旨の、断定的なアドバイスはどうだろう。そういう助言に至るまでの「誤字脱字がひどい→文章や本をほとんど読んでいないんだろう→常識も理解力も思考力も低くて愚かなんだろう」という演算がどれほど強く脳裏に刻まれていたのか、まさにAのように、文章作法以外のすべての点で自分より優れた人を前にしながら、私はむしろ逆算で、彼を低く評価しようとしていた。

文章の書き方で誰かを判断したのは、それが初めてではなかった。「네」と書くべきところに「내」を書き（いずれも発音は「ネ」）、二重パッチム*をしょっちゅう間違っている取引先の人のことを、直接会う前から「絶対仕事ができないはず」と決めつけていたこともある。だが彼女は、私が出会った誰より有能で聡明だった。飲み友達になって十二年以上経つ今、生活で

＊ 音節の最後を構成する子音が二重になるもの。ㄳ、ㄺなど。

誰かのアドバイスが必要な時、私があてにする数少ない人物となっている。彼女は、単に実業系の高校に入学して、文章を読んだり書いたりすることがさほど多くない業種に早いうちに飛び込み、新たな技術を身に着けて応用するのに忙しくて他のことに目を向ける暇がなく、活字に特に関心があったり敏感だったりしない、というだけだ。

きちんとした文章作法が伝えるものはなんだろうか？　皮肉コメントに書かれていた通り、人の品格？　レベル？　知能？　文章作法がちゃんとしていない人よりは多くの本を読んでいる、つまり、より博識の確率が高いということ？　そう断定するには、誤字脱字なしの完璧な文章を書く人の貧弱な思考や、多読や博識が知恵や何らかの品格と明らかに結びついていないケースを、私たちはすでにたくさん目撃している（知識人と崇められている一部の人の言動や、国会議事堂で日々起きていることを見ただけでも即、目撃できる）。知識の量と、知識を知恵に応用する能力には厳然とした違いがあるし、知っていることが多いことと、きちんと知っていること、知っていることを実践することも、やはりまるで違う。きちんとした文章作法が伝えるものは、その人が「活字」慣れしているということ、活字に対する感覚があって、活字でのコミュニケーション能力が高いこと、ぐらいではないだろうか。文章作法のポジションって、そのへんが妥当だろう。

だったら、誤字と誤用がすごいAの（Aでなくても、よく知らない他人の）文章はどう見たらいいか？　単に、誤字と誤用がすごい文章、と思えばいい。それで終わり。あの人は身長が一六八センチなんだー、という感じで。ガッカリもせず皮肉りもせず、見えない部分まで判断を下さない。間違いが多いその人は、活字での表現に慣れていないからそうなのであって、どの程度の暗黙知を備えているか、どんな品格を備えているか、私たちにはわからない（知能のことには触れたくもない）。裏付ける別の根拠があるならともかく、単に誤字脱字ひとつで誰かの品格に点数がつけられると信じる人こそ、基本ができていないのではないだろうか。そういう意味で、十一年前の私はまったくもってデタラメだったし、情けないし、傲慢だった。

そんな私が、のちに文章作法についての本を書く人と結婚することになったのは、つまりその本のタイトルを一緒に悩まなければならない立場になったのは、本当に皮肉なことだった。タイトルをめぐって、あちらこちらからさまざまな意見が上がったが、私たちはその中で「品格」を含むものは間違いなく落選にした。たとえば「品格アップの文章作法」「文章の品格を完成させる書き方」的なもの。もちろん、きちんとした文章作法にそう「見える」効果があるのは知っているし、実際に書き方で人や文章の品格を評価する目線もあるが、それを当然のように肯定するタイトルは、絶対に嫌だった（最終的なタイトルは『本を書くなら文章作法』で、実のところ私はこのタイトルもあまり気に入っていない。しょっちゅう間違いがあるAや私の飲み友達にだって、いくらでもいい本は書けると思う）。

書き方なんていくらでも無視していい、という話ではない。公的な文章を書かなければならない記者をはじめとして、メディア関係者、職場で報告書や公文書、外部への告知文や広報文を書かなければならない人は、品格以前に業務能力として、正確な文章作法を使うべきなのはあたりまえのことだ。職業での能力とは関係なく、決められた、普遍的なコミュニケーションルールに従う努力は必要だろう。たまに「私は人の目なんか気にしない！」というマインドを風変わりなやり方で自慢げにアピールし、まるで個性か何かみたいに誤った文章にこだわる一部の人を見かけると、心がささくれ立ったりもする。そういう人のせいで「間違った文章作法嫌悪」が強まる面もあるから、よりいっそう。とはいえ、書き方という一つの面で一人の人間すべてを、見えない部分までをも判断してしまう問題は、伝えておきたかった。

数日前も目にした。「韓国で、韓国語で書かれた教科書で正規教育を受けたはずなのに、文章をきちんと書けない人は問題がある」という、竹を真っ二つに割ったようにストレートな意見を。世の中には、正規教育をちゃんと受けられない人が存在するという事実は脇におくとしても、地域によって同じ正規教育でも教育条件が違うし、正規教育を消化する学習能力や活字への敏感度は人によって違うし、家庭環境や健康といった要素がハードルになった場合、正規教育に集中できる程度も違うはずなのに、なぜ断言できるのかがわからない。「基本」の向こうの世界が自分たちの目に見えないからといって、社会に存在しないわけではないのに。文章作法一つで無視されてはいけない人生は、至るところに存在する。あなたの隣にも、私の隣にも。

あの時、私に苦言を呈したあの人は、今も私のSNS友達である。いつだったか、何かの会話をきっかけにして遅ればせながら深い感謝を伝えることができてラッキーだった。一方Aは、一年もたたずにSNSの更新をやめ、数か月後にはアカウントを削除した。だから今、彼の誤字と誤用がどうなったかは知りようもない。でも、そんな取るに足らないものとは無関係に、彼はあいかわらず素敵である。

# 本で人生が変わるということ

アンソニー・ホロヴィッツの小説『カササギ殺人事件』（山田蘭訳、東京創元社、二〇一八年）には、こんな一節が出てくる。

「誰の言葉だっただろう、本が誰かの人生を変えるとしたら、それは頭の上に落ちてきたときだけだ」

出勤途中の地下鉄の中で、笑いをかみ殺しながらうなずいたのもつかの間、会社までの道々で少々真面目にこの言葉について考えた。

私は落下する本に当たったことがある。その日は少しズキズキするだけだったのに、翌日起きてみると、左足の指と甲が大きく腫れあがっていた。みんな、骨にヒビが入っているかもしれないからレントゲンを撮ったほうがいいと言った。腫れの程度からいっても、本の重さからいっても、一理ある助言だった。ところが、よくわからない負けん気が頭をもたげた。同じ重さのバーベルや工具に当たっていたなら、すぐに納得して病院に駆けこんだはずなのに、なぜだか「本」だというだけで、そんなはずない、と思ってしまったのだ（本に当たって骨にヒビが入るだと？・）。おそらく、冷凍室から豚肉一ブロックを取り出している最中に落っことして足の甲が腫れていても、同じ気分だったろう（サムギョプサルに当たって骨にヒビが入るだと？・）。本に当たって骨にヒビが入るなんて、豆腐で手を切って血を出すのと同じくらい、非現実的に感じられた。

翌日、足の状態はさらに悪化していた。その時点まで私は、本の無実と純真さを信じていた。世間が宝石泥棒より本の万引きにどういうわけか寛大なのと同じ理由じゃないだろうか。本という存在が持つ観念的なオーラに目がくらんで、物理的な世界では本もやっぱり同じただの物体なだけ、という事実が見えなくなるのである。翌々日も翌々々日も回復の兆しは見えず、結局、その週に予定されていたタイ出張をキャンセルせざるをえないところまできて、ようやく病院に行った。レントゲンを撮ると、薬指と足の甲をつなぐ部分にヒビが入っていた。医師の説明が続くにつれ、押し寄せてくる裏切られ感といったら。あんたのこと、あれほど信じてたのに！　本に比べたら斧のほうがどれだけいいヤツか。信じた斧に甲を「割られる」のでも「切り落とされる」のでもなく、ただ「斬られる」程度なんだから。* 紙でできた本だって、こ

＊ 韓国のことわざに「信じた斧に足の甲を斬られる」（信じていたものに裏切られること。日本の「飼い犬に手を噛まれる」と同じ意味）がある。

んなやり方で甲の骨にヒビを入れるのに、斧のように鋭利な刃を持った重たい金属が足の甲にしでかすこととしては、実に寛大な仕打ちじゃないか。その程度なら、かなり信じられる斧だろう（このことわざで「足の甲を斬られる」は現象を記述したもので、斬られた後の展開に含みを持たせた扱いになっている、という見方もできるが、なっとらん本をなじりたい気分の私が、そこまで丁寧に考える余裕がなかったことをご理解いただきたい）。

だったら『カササギ殺人事件』の一節のように、本からの物理的な加害で、斧の再評価以外に人生が変化した部分はあっただろうか。

タイ行きの飛行機の中で、私は象の調教師の隣の席になる。彼は当時の国王、プミポン・アドゥンヤデートの信任を受け、国家的行事のたびに白い象の群れのパレードを仕切る総責任者であり、驚くほど魅力的で尊敬できる彼と炎のような恋に落ちてそのままタイに定住。タイで幸せな日々を送っていたある日のこと、象の調教が深刻な動物虐待であると気づき、と同時に、彼とその問題をめぐってしょっちゅう衝突し（「象のことは君より僕のほうがずっとよく知っています。あなたは今、象のせいで僕の人生すべてを否定しているのです」「おお、象使いニチクン・ホルベチクルよ。あなたを本当に尊敬しているけれど、あなたが携わる仕事がある生命にとっての大きな悲劇ならば、あなたは生き方を変えなければなりません」）、ついには胸を引き裂かれる別れを経験して、その後、世界動物保護団体に加入。象解放運動の先頭に立ち、一時は恋人だった彼の政治的な仇として生きることになる奇妙な運命……が用意されていたとすれば、落下した本に当たってタイ行きの飛行機に乗れなかったことは、私の人生を変えたと言える。タイの象たちの象生を変えた、とも言える。結果として解放された象を彼らの故郷へ送り届ける任務まで任されていたら、ジェーン・グドールとチンパンジーの関係のように、私たちはアジアのとあるジャングルで、幸せだったかもしれない。

つまり、よりによってそのタイミングで落下してきた本に当たるという事件が、知らぬ間に人生の何らかの可能性（たとえば象と死ぬまで生きる人生）を封じてしまったのかもしれない、という話だ。それがどんなものか、私には一生知りえない。私の知る限りでは、ただ一か月足が不便だった以外に、大きな変化はなかったけれど。起きていないことは何でもアリ。結局は、何を信じるかという自分の選択にかかっているのだった。落ちてきた本で失われた何らかの人生を信じるか、何事もなく過ぎていった人生を信じるか。

それは「落ちてきた本」だけでなく、「読んだ本」にも同様にあてはまる。その本が自分の人生を変えたか否かも、自分が何を信じるかの選択次第。斧に足の甲を割られてようやく裏切りと思う人もいれば、斧に斬られただけでも裏切りに感じる人がいるように。人生の流れがチラッと変わるくらいでは満足しない人もいれば、それだけで人生が変化したと思う人もいる。私は後者のタイプである。人生の流れを変えた、少し大げさに言うと、「人生の本」と呼べるものは、確かにある。

アレクサンドル・マトゥロン著『スピノザ哲学における個人と共同体』〔原題：Individu e communauté chez Spinoza（未邦訳）〕

は、スピノザの『エチカ』とあわせて、存在していたことさえよく知らなかった新しい世界を、目の前に開いてくれた。この本が私の魂の奥深くまで及ぼした影響については、もう一つ別な文章を書いても足りないくらいなので、ヘタに始めない方がいいだろう。それに私は、この本をあと二十回は読んでこそ、特に関連する他の本も一緒に勉強しつつ読んでこそ、やっとこさこの本について話せる気がするのだ（と、いう点で、数行前の「新しい世界を開いてくれた」という部分は「新しい世界への入り口を見せてくれた」くらいに修正したい）。だから、この本が私にもたらした一次元的な変化だけに限って言えば、多少突拍子ないけれど、健康で長生きしたい、と強烈に願うようになった点である（スピノザのコナトゥス〔意志、衝動といった自らの存在を保つための努力のこと〕が、こんなふうに発現するとは）。

七年前にTと書斎を共有するまで、哲学書がびっしり詰まったTの本棚は自分と全く無関係の、単に記号と記票が保存された空間でしかなかった。ところがスピノザと出会ったことで、その三〇〇冊あまりの本がいっせいに生々しい息づかいを始め、私の人生に流れこんできた。家にあるすべてのそうした本、図書館や書店で近づいたこともないコーナーの本が自分の読むべき本に変わって、急に人生が有限になった。どの本も、それぞれどれほど面白く美しい世界を抱えているのだろう。このうちの何パーセントくらいを読めるだろうか。マトゥロンの本は、あと何回読み直せるだろう。そう考えると、できる限りこの人生に長くしぶとく、とどまりたくなった。規則的に運動をし、体にいいものを食べ、目を守り、自分をきちんとケアしたくなった。ある種の良書は、人を長生きしたくさせるのだということを初めて知った。

ダグラス・アダムスの『銀河ヒッチハイク・ガイド』〔安原和見訳、河出書房新社、二〇〇五年〕シリーズは外せない。誰かに「死ぬまでにたった一冊の本しか読んじゃいけないとしたら、どんな本を選ぶ?」と質問されて、一瞬の迷いもなく選んだ本だ。十年前もそう、今もそう、十年後もそのはず(未来について確信できる、ごくわずかのうちの一つだ)。この本は、本自体が一つの完結した宇宙である。背景が宇宙だからではなく、「本」という存在に期待されるすべてが、みんな、つまっているのだ。ボルヘス的だったのがマルケス的になり、ボラーニョ的になったかと思うとカフカ的になり、それがカルヴィーノ的になって、またヴォネガット的になる……そんなふうに、地球を一回りしつつ、普段から愛してやまない作家みんなに会いに行く気分になる。と同時に、見たこともないような独創的なオーラやユーモアに、いつもハッとさせられる。いくら読んでも決して飽きない自信がある。

だが、こうして人生の本二冊を選んでみると、問題はまた降り出しに戻ってしまう。『カサギ殺人事件』の一節に対抗しようとして選んだこれらの本は、ある意味むしろ、その一節を動かぬものにするからだ。『スピノザ 哲学における個人と共同体』は、ハードカバーで九二〇ページの本である。読むのと同様に、直撃を受けて人生が変わるほどの本であることも否定できない。『銀河ヒッチハイク・ガイド』シリーズはもっとひどい。ハードカバーで一二三六ページだ。読んだ時より当たった時に人生が変化するのが明らかだろう。あー、本当にわかんなくなってきた。やっぱり、読むよりも当たるほうが、より強力にならざるをえないのかな。ひょっとしたらこの実験、一度は人生を変えたほうがいい象使いニチクン・ホルベチクルに勧めるのがいいのかも。

# Dが笑えば私もうれしい――#私がもう使わない言葉＊

＊「ハッシュタグ（#）私がもう使わない言葉プロジェクト」は、国会議員のチャン・ヘヨン氏が包括的差別禁止法の制定を推進するために企画したキャンペーンで、以前は使っていたが今は倫理的な理由からもう使わない単語、表現を集めるという作業である。この文章は、キャンペーンに参加して書いたものに内容を少し加え、改稿した。チャン議員はあるインタビューで、キャンペーンの趣旨を「ある言葉を世界からなくしてしまえ、というのではなく」「誰かが問題はないと思っている言葉を、別の誰かは何かの経験をきっかけにして、もはや使っていない。そういったエピソードを一度でも目にすることで、どうしていくべきかを考えよう、という趣旨」と語っていた。この文章もやはり、そんなふうに読んでほしい。

＊

大邱《テグ》のある高校で予定されていた講演会の準備をしながら、以前の資料を久しぶりに広げた。

十代対象の講演は三年前が最後だ。何度かの経験から、その年頃の生徒たちが「恋愛」や「愛情」がらみの事例が出てきたときバッグンに集中すると気づき、それからは一つ二つ、そんなエピソードを作って盛り込んでいたのだが、あらためて読み直して三年前の自分を深く反省した。すべての状況が、あたりまえのように女性─男性の関係で設定されていたからだ。

事例は二つだったが、だからといってこんなに異性愛中心主義的な関係を、無神経に使っていたなんて。顔がカッと熱くなった。大急ぎで主人公の性別、(性別が特定されやすい)名前をすべて消し、A、B、Cというイニシャルに修正した。誰かがこの事例を聞いて、女性─女性、あるいは男性─男性をはじめとした他のいろいろな組み合わせを思い浮かべ、想像できるように。

話すときも文章を書くときも、注意している。相手に恋人がいるのは知っているが、性別までは知らない状況でその恋人に言及しなければならないという場合、相手が女性だからといって「彼氏」と先回りしては言わない(「恋人」と言う)。出来事としてどうしても必要な場合を除き、男性を描写するときに「まるで、愛する女性に渡す花でも選ぶかのように」みたいな表現はしない(「愛する人に」と書く)。これらは、その人々がどんな性的指向かをまったく考慮しない、つまり、当然異性愛者だと暗黙のうちに前提にしている言葉だからだ。誰かの存在を、消してしまう言葉。前提が、消してしまう存在。

＊

ある「表現」が誰かを排除し、さらにはひどく苦しめることがあるとはじめて知ったのは、小学校三年生の時だった。同じクラスで、正確にどういう事情だったかは覚えていないが、ずいぶん小さい頃から両親がいなくて、**祖母**、**祖父**と一緒に暮らしているDがいた。**保護者**が参加しなければならないほぼすべての行事によく**母系の祖母**が顔を出し、そんな時Dは先生や他の**保護者**に「うちのおばあちゃんです」と自分から紹介してもいた。ある日、授業で先生が直喩法の説明をし、例として「お母さんの胸のようにあたたかい」という表現をずっと使っていた。私の斜め前に座っていたDが、聞こえるか聞こえないかの声でぽつんと言い捨てた。

「お母さんの胸がなにさ。どんだけあったかいんだよ」

不満を口にするというより、拗ねているのに近かったDの言葉を聞いて、少なくない衝撃を受けた。ただの一度も考えたことのないテーマだった。授業中ずっとその言葉について考え、その日以来、しょっちゅうDのことが頭に浮かぶようになった。これまであまり考えずに使っていた「お母さん」「お父さん」を含む比喩を避けるようになり、文章で「みなしごになった気分」のような表現を見つけると心がざわついた。「夏休みのあいだ、ママ、パパとの時間をたっぷり過ごしましょうね」「今日おうちに帰ったら、親御さんと一緒にやってみて」という言葉をちょくちょく口にする先生が憎らしかった。

一番しんどかったのは、毎年学校の修練会〔林間学校のように、泊まり込みで行う合宿〕に行くと、最終日の夜にある「ろうそく儀式」だった。学年全体で、紙コップにはめ込まれたろうそくを手に、たき火を囲んで行われるこの行事は、感傷的な音楽（と書いて、ヘバラギ〔「ひまわり」の意〕の「愛をもって」〔二人組のフォークグループ「ヘバラギ」が一九八九年に発表した曲。合唱曲やキャンプファイヤーを囲んでの場面でよくBGMとされる〕と読む）をバックに、精一杯声を落としたレクリエーション講師が「反省と親の恩」をテーマにして子どもたちを泣かせてしまえと企む、容赦ない「お涙頂戴トークショー」の雰囲気だった。罪悪感をくすぐるやり方で孝行心をあおるのもどうかと思うが（なんでいつも「K-孝行心」は両親の苦労話と罪悪感の中に芽生えるのか）、その儀式は「みなさんにあったかいごはんを食べさせようと、まだ誰も目を覚ましていない暗いうちから一人起き出して、氷のように冷たい水に手をひたすお母さん」のいない人、「今もお家で、ひたすらみなさんのことを気にかけているお父さん」のいない人、「いつかご両親がいなくなったときに後悔しないよう、お家に帰ったらすぐに、明日からでも」という時間が許されない人を、徹底して排除するものでもあった。どこかで、そういう言葉をすべて聞いていたはずのDはどうだっただろうか。Dと同じ状況に置かれていた子どもたちは、どんなことを思っていただろうか。

＊

当時の私は、特に「社会的疎外」や「正常家族イデオロギー」[*1]といった概念を知っていたわけではなかった。小学生の単純な感覚で、Dが拗ねるぐらいの表現なら、できるだけ使わないのが正しいだろうと、ただ漠然とそう考えたのだと思う。そのあともDは、ずいぶん長い間そんなふうに、まるで「ベクデル・テスト」[*2]の「ベクデル」のように、私の中に存在していた。後に社会に出てから出会った別の社会的弱者や少数者も、なんとなくDと似た表情を浮かべていて、だからある瞬間からDは、「前提が消してしまう存在」すべてをパッケージする名前となり、私の「D-テスト」はますます複雑な様相を呈してきた。つまり以下は、そんなD-テストを経た結果の一部である。

一〇三ページの最初の段落（いくつかの単語が太字になっている段落）で、「両親」「父母」という代わりに「保護者」を使ったのは、社会が「普遍的」であるとやたらに押し付けてくる、「正常家族」のかたちを前提にした表現を避けるためだ。誰もが辞書的な意味での「両親」の

＊1　父、母、子どもで構成される核家族が「正常」であるとする考え方。
＊2　フィクション作品においてジェンダーバイアスを測定するテスト。名前を持った女性が二人は登場しているか、女性同士の会話の場面はあるか、その会話に男性以外の話題が出てくるかをチェックする。

保護のもとに暮らしているわけではない。母親がいなかったり、母親だけが何人かいたりする場合、父親がいなかったり、父親だけが何人かいたりする場合、二人ともおらず、親戚や他人、養護施設の保護のもとにいる場合など、いくつかのケースがあり、そのすべてをひとまとめにできる表現が必要である。

ちょうど同じ文章で、「母系の祖母」という表現を不自然に思った人もいただろう（実は私も不自然に感じている）。母親の親族に「外側」を意味する「外《ウェ》」という漢字を当て、父親のほうには「親しい」を意味する「親《チン》」をつけて区分する韓国の家父長中心的な旧時代の呼称を使わないようにすると、たまにこういう表現を使うことになる（日本語では「母方」「父方」という言い方）。単に「祖母」と書いてもよさそうなものだが、そうすると読んでいる人が習慣的に「父親の母親」だと認識してしまいかねない問題がある。そうやって「外《ウェ》祖母」の存在が消されることは許しがたい（私にとって「外祖母」の存在が格別なこともあるだろう）。代案として「母親側の祖母」も浮かんだが、それは「母親の祖母」「ひいおばあさん」と読める危険性があるので、結局ここでは「母系の祖母」を選んだ。

このように、ある表現を避けるためには、受け入れざるをえない「煩雑さ」がある。私にとっては「老若男女」もそんな例だ。「老若男女」と書けばスッキリして楽ちんだろうが、こういうタイプの言葉の組み合わせはほぼすべてでいつも男性が先頭に置かれていることに、ある時げんなりし、そこからはあえて「多様な年代の女性と男性」とかみくだいた書き方をしている。太字の「祖母、祖父」もそんな理由から、「祖父母」に代わるものとして書いた。既にたくさんの文章や単語で、男性が女性より先に呼ばれてきたのだから（そしてこれからもそうなのだろうから）、逆のケースもたくさん作っていきたい。

他にも、これ以上使わないことにしている言葉は多い。「韓国を輝かせた百人の偉人たち」〔小学校の授業などで習う、歴史上の偉人をリズミカルなメロディにのせて紹介した曲〕を歌うみたいに並べられそうだ。「決定障害〔「決定力不足」の意〕」という、何かをうまく決められない状況、ある種の能力が欠如した状態に「障害」という言葉をあてこすりみたいに使ってハンディキャップを見下す言葉は使わない。疾病を戯画化する表現である「発がんサッカー」「がんになりそう」という言葉[*1]も使わない。同じ文脈の「コロナ太り《ファクチンジャ》」[*2]という新造語は本当に嫌いだった。実際にコロナに感染した確診者《ファクチンジャ》〔「確定診断者」の略〕が味わっている大きな苦痛や恐怖を考えたら、そのうちの誰かは命まで失いかねないことを考えたら、決して安易には使えないはずの言葉だ。「給食虫〔迷惑行為をする給食世代の十代を指す俗語〕」「説明虫〔説明不要の場面でわざわざ自慢げに説明する人を指す俗語〕」のように、人と昆虫を比べ、人と昆虫のどちらにも失礼な「〜虫」という言葉も使わない。「みなしごになった気分」と同じ理由で、「乞食《コジ》のようだ〔最悪、を意味する表現〕」という言葉も使わない。「乳母車」の代わりに「乳児車」を、「堕胎」の代わりに、妊娠の主体である女性の決定権を優先した「妊

＊1　特に若い世代で、ストレスが大きかったりイライラしたりする事態をがんの発症で例える表現が流行している。

＊2　新型コロナウイルス感染が確定した「確定診断者」と似た発音で、ステイホームなどで急に太った《ファクチン》人《ジャ》を揶揄する表現。

娠中断」あるいは「妊娠停止」という表現を使う。誰ひとり、その単語に閉じ込められて言葉に傷つけられないようにと、切実に祈りながら。

＊

七年前の冬、「ソンモア手袋〔ミトンタイプの手袋をさす新語。ソンモアは「手を合わせる」の意〕」という言葉を初めて耳にした時のことを思い出す。その単語を提案した友人の趣旨もわかるし、同意もするのに、なかなか気持ちが受けつけなかった。ソンモア手袋？　ちょっと、無理やりっぽくない？　わざわざそこまでしなきゃダメ？　特に誰かを見下そうとか嫌悪しようという悪意をもって、わざわざ「ポンオリ手袋〔従来のミトン手袋の言い方。「ポンオリ」は発話に障害のある人をさげすむ言葉である〕」という言い方をしている人は世の中にいなさそうな気もするから、ますますそうだった。もちろん、さほどしないうちに、言う人の意図とは関係なく、言語に障害を持つ人を蔑む表現が含まれているだけでも言い換えるべきだとわかったが（正確な由来は不明だが、なんだろう、「四つの指がくっついている」という状態を「ポンオリ」と比喩するところからして、ちょっと嫌な感じがしないだろうか？）「ソンモア手袋」が口から自然に出るようになるまでにはかなりの時間がかかった。

こうした単語は、特に激しい反発にさらされがちだ。ただでさえ、それまで何の気なしに使ってきた表現を指摘されたら、何の気なしだった過去が恥ずかしく、何とかしなければならない未来が煩わしく、反発が生まれやすいもの。「ポンオリ手袋」のようにすでに固有名詞になってしまっているなじみの単語を手放して、できたてホヤホヤふうのぎこちない単語を使うのは、ますます違和感があってそうなるだろう。だが、その違和感が、そこまでしてでも「ポンオリ」という単語を使わないようにすべきである理由をたえず想起させてくれるのなら、それはそれでいいことのはず。他にも、障害のある人へのさげすみが含まれている表現、たとえば「目の見えないお金〔持ち主のないお金や、偶然手に入ったお金の意〕」、「いざり机〔座卓のこと〕」といった言葉も、やはり使わない。

最近になって使わないようがんばっているのは、種の差別にあたる表現だ。いつだったか「屠畜場に引かれていく牛のよう」という比喩を使っていて、ふと、「牛が屠畜場に引かれていくのは人間のせいなのに、そんな人間の一人である私が、こういう表現を比喩にまで使うってのは、ちょっと恥知らずなのでは？」と思ったのだ。「犬のよう」「ケモノにも劣る」などの表現も自然と避けるようになった。せめて言葉でぐらいは非人間である動物に暴力を加えることを当然視せず、さげすまないようにするほうが、ものすごくささやかな、秤の目盛りがピクピクッと揺れるか揺れないかぐらいの微妙な違いだとしても、何もしないよりマシではないだろうか？　そう考えれば、それらの表現をあえて避けようとしない理由もないだろう。

＊

意識的な努力をどれほど重ねたところで、あらゆる状況や立場を文章の中にすっかりとりこむことはできない。どこかで必ず水漏れが起き、何かの存在が抜け落ち、排除され、疎外されがちになる。そういう中でそれでも私にできることは、「表現」にずっと悩み、「表現」を練り続けることだ。世の中に存在するたくさんのDを泣かせるような言葉は、最大限使わない。誰かが私の文章を読んで孤独を感じるようなことは、最大限減らす。Dが悲しめば、私だってとても悲しい。Dがつらければ、私だってとてもつらい。それにくらべたら、使い続けてきた言葉を捨てて練り上げることくらい、何でもない。本当に、何でもないのだ。

第二部

# ひとつの季節を越えさせてくれた

# 扉の前で、今は

小学校五年生から高校二年生まで、七年連続で学級委員長だった。リーダーシップが抜きんでていたせいでは、明らかに、ない（謙遜ではなく本当にそうなのだ。今でも私は、特に「〇〇〇シップ」で終わるものが不足している。むろん、年齢は四十《サーシプ》だが）。それは、私の背の大きさと町の小ささによってもたらされた連鎖反応の結果だった。最終的な身長の約八分の七に小学校の時点で早々と達してしまい、当時は、背の高い子どもが成熟していると早合点される傾向があった。私はある日突然委員長に選ばれ、一度委員長になると「あの子は去年委員長→ヨッ、委員長候補！」みたいな単純な論理で翌年も委員長になり、小さな町だから噂もすぐ広がり、中学校に進学した後も「あの子小学校の時いつも委員長→ヨッ、委員長候補！」がそのまま続き、そうやって積み重なった委員長のキャリアがまた別の委員長のキャリアを呼び込んで、気がつけばいつも委員長だった。

委員長としての私の影響力は微々たるものだった。桁外れのリーダーシップで団結を固めるわけでもなければ（まずもって自分が「団結」をイマイチ好きではないという、委員長としての存在的アイロニーを抱えていた）、桁外れの優等生として勉強したくなる雰囲気を作ったわけでもなく、桁外れの才能によって環境美化大会や合唱大会などの場で抜群の技量を誇ったわけでもなかった。これといった「一発」が、まるでなかった。それでも、七年間守り続けてきたたった一つの原則はあった。自分の所属するクラスでだけは、仲間外れやいじめにあう人をなくすこと（もちろん「自発的な単独者」の意志は尊重した）。こう言うと何かものすごいことのように聞こえるが、実はとても簡単だった。なんとなくそばにいって、一緒に遊べばいいのだ。すると、自然に私の仲のいい子たちもそれにならい、すぐにみんなが友達になった。

Mとも、そんなふうにして親しくなった。「変な子」だと周囲のあたりが強くてもどこ吹く風、Mは本、特に、ハーバーマスのようなドイツの哲学者たちの本を折に触れ読んでいる子だった。独特で博識だった。勉強はできなかったが、とんでもなくビリに近い成績は、むしろMの賢さを輝かせていた。あの子には、「成績なんかクソくらえ！　アタシはそんなものさしなんかで測定不能な人間なんだ！」的な迫力があった。それは、Mが同年代の子たちとあまりつきあえず、仲間外れにされる理由でもあった。子どもたちはよくMのことを「あの子の話してることがよくわかんない」と言っていた。Mは一度私に、ぽつんとこうもらしたことがあった。

「アタシは、自分がひとりぼっちでもなんともないの。ただ、視覚的にみすぼらしく見えるっていうのが、大嫌いなんだよね」

文学的素養が不足している私にとって、「視覚的にみすぼらしい」という言葉は、精一杯理解はしてもちゃんと理解できているか確認が必要な表現だった。やっぱりな、だと思ったよ、という表情で、Mは親切にもやさしい言葉でかみくだいてくれた。

「アタシが隣に誰もいないで一人だったら、みすぼらしい感じに見えるでしょ？　みんなが、アタシはみじめな気分でいるって、誤解するよね？　その誤解が、耐えがたいって意味だし」

そんなMを完全に受け止めきれず、ときどきがっかりさせることもあったが（とてつもなく欠けている私の知力と感受性はどうしようもない）、私たちは他の二人の友達を交えて四人で楽しく一年を過ごし、年が変わってクラスが分かれ、やがて、私がスポーツ好きの友達と知り合って昼休みのたびにグラウンドに出るようになると、自然に少しずつ距離ができていった。今のように携帯電話が必需品だったわけでも、手軽に使えるメッセージ機能があったわけでもないから、両方が非常に密着的なタイプとか、片方が非常に積極的とかいう関係でなければ、物理的な距離にしたがって関係の距離も遠ざかりがちな時代だった。

ある日、Mの教室の前を通りがかった。昼休みだったのに、その日なぜグラウンドに出なかったのか、覚えていない。開きっぱなしになっている後ろの扉から、一列目の一番後ろに座っているMの姿がすぐに目に入り、入るなり自然に足が止まった。普段と違って、本も開かずにおとなしく座っているMが、これほど寂しげだとは思わなかった。頬杖でもついていたら、多少マシだったろうか。ただ背もたれに体を預けたきり、机の上の一点をぼんやりと見つめているMは、「視覚的にみすぼらしそうに見え」た。

私がそんなことを思いながら隣の空いている席に進み、そっと腰を下ろしたと知っていたらムカついたのだろうが、Mは突然の私の登場に驚いて、そんなことを思う余裕さえなさそうだった。本当にうれしい、とパッと笑顔になった。街灯がいっせいに点灯した瞬間の川岸みたいに、一瞬で顔全体が明るくなる笑顔だった。お互い何をそんなに語り合うことがあったのか、夢中で笑い、話すうちに予鈴も過ぎ、五時間目の開始を告げるベルでようやく「じゃあね！」と慌ただしい別れの挨拶を交わすと、私は教室目指してバタバタと駆け出した。背後から、M特有のクァッ、クァッという笑い声が聞こえて消えた。あんたって、なんで笑い声まで独特なのかなあ。Mとした話、Mの笑い声が思い出され、五時間目の授業中もやたら一人でくすくす思い出し笑いをした。Mは元気そうだった。最近ファンタジー小説に関心があり、せっかくだからとエジプトを舞台にした作品を書き始めた、いつか完成したら見せてくれると言った。絶対に面白いだろうと確信した（ただし私がMの文章をちゃんと理解できればだけど！）そんなふうにして、また二、三か月が過ぎた。

掃除の時間にモップをかけていると、誰かが近づいてきて手紙を差し出した。Mから、必ず私に渡してほしいと託されたという。M、今日転校したんだよ。えっ？　びっくり仰天の私にその子は、Mが朝の会の時に前へ出て挨拶をし、そのまま廊下で待っていた母親と釜山《プサン》に向かったと教えてくれた。突如現れた事実に頭の中がぐるぐるした状態のまま、適当に掃除を終えてすぐに封筒を開けた。本の一節の引用から手紙を始めているのが、いかにもMらしかった。だね。口で言うかわりに、手紙だけ残していくっていうのもMっぽいよ、まったく。「Mらしさ」があちらこちらににじんだ手紙を読み進めるほどに、頭をなみなみに満たしていた事実が次第に心に落ちていって、涙がじわりと浮かんだ。M、本当に行っちゃったんだ。もう会えないんだ。

そんなふうに六枚ある手紙の後半に差しかかった時だった。次のページに行く前に、その最初の行を読み始める前に、まず目に飛び込んだ真ん中あたりの文章に、突然息が止まりそうになった。そこには、三か月前の昼休みのことが書かれていた。あの日どんなに懐かしかったか、また、どんなにうれしかったか。今年に入って一番楽しい時間だったと書き、Mはこう続けていた。

「あれから、なんだか昼休みのたびに、あんたをずっと待っちゃってた。ひょっとして、また来ないかなって思って」

もう一度読み直しても息が止まりそうで、しばらく床にへたりこんだ。わんわん泣いた。手紙の残りの部分を読んでいるあいだもふと、後ろの扉を見つめていたはずのMの姿、そのたびにがっかりした表情を浮かべ、でも平気なフリで失望を振り払い、やり過ごしていたはずのMの午後がしきりに思われて、あの日のように、もっと頻繁に炸裂させてあげられればよかった

Mのクァッ、クァッという笑い声がしきりに浮かんで、胸が張り裂けそうだった。そして後悔した。これからも、あと数百回はするであろう後悔だった。もっと何度も行けばよかった、もっとしょっちゅう行けばよかったという後悔ではない。行かなきゃよかった、あの日、行くべきじゃなかった。ただ通り過ぎればよかった。そうすればよかったのに。

私はもともと、昼休みによそのクラスに遊びに行くほうではなかった。大体はグラウンドにいるか、そうでなければただ自分の席で勉強するか、それでもなければクラスメイトとしゃべって時間を過ごしていた。あの日Mの教室に行ったのは、年に一、二度あるかないかのめったにない出来事だった。そんな私の性格や行動パターンを考慮した時、Mのところにしょっちゅう行こうと私が自分から思った確率はほとんどなかったし、思ったところでどうせ守れなかったはずだ。だから、行くべきではなかった。責任を取れないことは、始めるべきではなかった。実のところ、あれが「始まり」とも思っていなかった。自分が白紙に、深く考えもせずに点をひとつ書き入れたとき、誰かがそれを始点に長い線を描こうとすることに、思い至らなかった。気づくべきだった。

Mは、ついに来なかった私があまりに憎たらしいから、事前に転校を告げないことで復讐すると書き、「あっかんべー」という意味の舌のイラストを添えていたが、そのイラストは、手紙全体で唯一Mらしくない部分だった。そのことがまた、長く心に引っかかった。ささやかな期待とはいえ毎回挫折に終わって、そのつど少しずつ粉々になっていく心、叶えられない何かを願った瞬間、負うことになる傷については、私もやはりよく知っていたから、Mの痛みは再び自分の痛みにもなった。本当にごめん、ごめんね、M。

Mの手紙の中からパラパラこぼれ落ちた期待のカケラが、今も私の胸に突き刺さっている。道路の減速帯のように存在するそれのせいで、私は人と関係を結ぶときひどくためらう大人になった。関心というのは甘みのある飲料水に似て、一口飲めばそれまではなかった渇きまで生じること、一緒に飲めるだけの十分な量がないなら、与えも飲みもしないほうがいい時があることを、いつも記憶にとどめている。一瞬の気分で扉の向こうの寂しい誰かに近づこうとしても、最もあたたかいやり方で結果的に最も冷たかった、あの時の自分を思い出して足がすくむ。最後まで差し出すつもりがない手なら、すぐに引っ込める。恒常性がなくて生半可な好意が作り出す、壊れやすいものが怖い。だから、いつもためらっている。「それでも」と踏み込まなければならない場合と、「やっぱり」と踏みこんではならない場合のはざまで。これまでのどこかで踏み間違えた、いくつかの足跡のはざまで。

友達をテーマに書こうとすると、多くの顔の中から最初にMが浮かんでくるあたり、私は今も、Mを常に気にしているらしい。時折後ろの扉を見つめ、私の姿を探していたMと同じように。

## そんな私たちが、いたんだってば

小学校時代、予報になかった雨が突然降り出して下校時間まで続くと、傘を持ってわが子を迎えに来る母親たちで、廊下や玄関前やグラウンドがよくごったがえしていた。当時は、「漢江の奇跡《キジョク》」〔一九六〇年代以降の急激な高度経済成長を差す言葉〕や「アジアの四頭龍〔アジアで急激な経済発展を遂げた韓国・台湾・香港・シンガポール共和国の総称〕」といった派手な修飾語とともに超ハイスピードで産業化を実現し、オリンピックまで開催した韓国が、環境汚染の問題にも本格的に目を向けはじめた時期だった（多くのスター歌手が総出演した環境保護コンサート「明日では遅い」も企画された）。「温室効果」「オゾン層破壊」「スモッグ」などの用語があらゆる場所から流れ出し、中でも「酸性雨」は、オヤジのカミナリ、ビンタ、悲しい予感などとともに、決して当たってはいけない恐ろしげな存在だった。

もちろん、酸性雨の有害性は否定できない事実だが、当時酸性雨に向けられていた恐怖には、若干誇張された部分がないわけではなかった。未来学者の警告を扱った新聞記事を読めば、まるで数十年以内に建物が腐食して倒壊しそうな勢いだったし、酸性化した川の水面に集団死した魚がぷかぷか浮いている写真を見れば、数年以内に水中の生態系までもが完全に破壊され、「漢江の気絶《キジョル》」が叶いそうな勢いだった。アジアの四本の指に数えられる龍は雨を治めるどころかこれほど怯えているし、一介の人間の恐怖は言うに及ばずで、子どもたちが雨に打たれるかと思い、母親たちはせっせと学校に足を運んだ。

　そうやって、母親に手を引かれて一人、二人と消えていくと、誰も迎えにこなかった何人かの子どもが、ふるいにかけられた粒みたいに玄関前に残った。「コ」の字型になった校舎のそれぞれの辺に一つずつ玄関があったので、向かいの玄関にぱらぱらといる子どもたちの姿もよく見えた。その子たちはいつもの、その子たちだった。私のように親が共働きで、あるいは、それぞれさまざまな事情から、迎えに来る大人がいない子どもたちだったのだと思う。集まったのは来られない大人を待つためではなく、ましてや酸性雨が怖いからでもなかった（小学校低学年にとっては、あまりに抽象的すぎる恐怖だった）。母親たちが大挙して迎えに来るくらいかなり強い雨なので、もう少し弱くなるのを待っていたのだ。もちろん、時間がかかって待っていても埒《らち》が明かないようなら、性格や事情に余裕がない子どもから一目散に雨の中に飛び出し、すると、私のように自分から行動する度量の大きさはないが性格に余裕のないタイプの子どももその後を追った。そうやって、すっかり雨に打たれて走ると結構ワクワクした。普段ならタブーとされていることを状況に合わせて、必要によって、自分の思った通りに選択できているという臨機応変さを発揮した気分になったし、十歳にもならない私にとって、そんな柔軟さは「大人のもの」だったから、大人っぽい行動をしていることに少し得意になった。

その手の「得意げ」は、残っていた他の子たちのほぼ共通した感覚だったと思う。私たちには、ひそかにプライドのようなものがあった。大人の保護を必要としない、特別な子どもになった感じ。この程度の雨はいくらでも一人でどうにかできる人間だと、認められた感じ。実際、教室で眺めている時はそうでもなかった子が、母親の傘の下では突然幼く見えた。その子たちはその子たちでやすらぎを、私たちは私たちで自律を、それぞれに感じていたわけだ。実は私たちのほうこそ、たまにわざと水たまりに足を突っ込んでジャブジャブ水遊びをするとか、お互いの服を絞り合っていきなりの洗濯ごっこを始めるとか、間違いなく子供っぽくなっていたのだが、傘の外の世界で、雨から逃げずにしている遊びだというだけで、とても重要な経験を共有した気分になり、わざと大人ぶって別れたりもした。残ったのが私一人、ということも多かった。大体は教室でぐずぐずしていたり、掃除が遅く終わったりしたせいで、その場合は玄関の脇の階段に座って宿題をして、雨がおさまってきてから濡れて帰った。そんな日はもっと特別だった。「一緒に」じゃなく「ひとりで」、その状況にうまく対処し、その上楽しんでもいたという感覚は、さらに独立したかたちの「得意げ」だった。

その後、いろいろなメディア、特にマンガやテレビの単発ドラマのようなもので、雨が降っても誰も迎えに来ず、今にも泣き出しそうな表情を浮かべ、すっかりしょんぼりした子どもが登場すると、少し不思議な気がした。おまけにそういう悲しい設定は、ほとんどのケースが「仕事で忙しい母親（まれに「体を壊して動けない母親」）」とセットで文脈を作られがちだったから、ますますそうだった。はじめの数回は「まあね、置かれた状況やキャラはみな違うんだし、そういう子もきっといるんだろうね」と思っていたが、そんなふうにスルーしようとしても、忘れた頃によく似た設定が目に飛び込んできた。「まあね、そういう子は予想以上に多いのかもね」とまたスルーしようとして、事情はそれぞれだとしても、そんな状況に楽しく向き合っていた幼い頃の仲間のような子の姿には一度もお目にかかっていないことに気がついた。それに、なんで毎回当然のように、迎えにこられない主体は「母親」に設定されてるんだ？まるで、雨が降る日に子どもを学校に迎えに行くべきは、ひたすら母親だけの役目みたいに。残ってる子が悲しい思いをするのは、ひたすら母親の罪みたいに。

一度、やはりそんな場面を演出したバラエティ番組を一緒に見ていて、母から謝られたことがあった。普段母に申し訳なく思うことのほうがはるかに多いあまり、逆に母が私に申し訳ないと思うことが起きると、多少なりとも自分の申し訳なさが挽回できた気がしてチラッとうれしくなる私ではあったが、その謝罪だけは受け入れられなかった。小さい頃の、あんなに得意げな時間が集まって作られた私の独立的なキャラクターの一部が、傷ついた気がした。いや、そういうことは全部置いておいて、悔しかった。違うのに？　雨の日も、誰も来なかった運動会も、一人なら一人なりに、そういう子たちで集まれば集まったなりに、全部楽しかったのに？　それに、父さんは何をしてて母さんが謝るわけ？　父さんより母さんがずっと働いてて、ずっと忙しくて、ずっと苦労してたのに。あんなに苦労、してたのに。

そんな悔しさや不可解さを心の隅にずっと貼りつけていた私は、大人になってたまたま小さい頃の話になると、当時の心境を友人たちに尋ねて事例を収集するようになった。似たような性格が集まりがちだからかもしれないが、私の幼い頃の仲間と似た感じ、あるいは、単に何も思わなかった（悲しみや寂しさも、楽しさや達成感もナシだった）とサラッと振り返る友人のほうがずっと多かった。雨の日だからって、この世に母親がいないことを余計身につまされるわけでもあるまいし。雨に濡れてるのを可哀想に思うのか、「あんな小さい子を残して……」と舌打ちしていた〔舌打ちは、同情、憐れみの表現でもある〕大人たちのほうが、ずっと自分を孤独にしたと憤慨する者もいた（特にCは、「〈小さい子を残して〉って言い方、死者が悪いせいみたいに聞こえて妙にムカつかない？」と一番怒っていた）。

そんなわけで、ドラマや何かでケア、特に「母親のケア」を受けられず、孤独と「だけ」描かれる子どもを見かけるたび、それを見て母親のせいにする人を見かけるたび、それを見て子どもに申し訳ないと思わされる母親たちを思い浮かべるたび、ますます反論したくなった。全然さみしく思っていなかった子も、やはり多かったんだと。傘の中もぬくぬくしていただろうが、傘の外の空いたスペースを得意に思っていた子も、明らかにいた。その空いたスペースを自力で埋めて成長した子に備わった、酸性雨でも腐食できない、頑丈な心のようなものはある。

たとえそうでなかったとしても、それは母親ばかりがすまながることでは絶対にない。あの頃は幼くて、社会が「母親」にさかのぼって負わせる責任の重さを、よくわかっていなかった。影でこそこそ囁いている大人がいることには気づいていたが、そういう大人がメディアで「悪い母親」を作り出し、私たちの存在を消し去ってしまっていたことは、よくわからなかった。だからきちんと言えなかったし、だから一度くらいは絶対に、言っておきたかった。私たちの存在について。あの頃を、私たちがどう通り過ぎたかについて。そんな私たちもいた。明らかに、いたんだってば。

# 飛行機はわるくなかった

今住んでいる家は、近くの空を飛行機が飛んでいく。最初に家を見に来た時には気がつかなかった。駅まで歩いてどれくらいかかるか、治安が良くて閑静か、便利な周辺施設はちゃんと揃っているか（と、遠回しに言っているが、気軽に飲みに行ける感じか）を確認するために一時間以上いても、飛行機は見かけなかった。ちょうど飛行しない時間帯だったのか、見知らぬ町をすみずみまで眺めるのに忙しくて、飛行機が飛んでいるのに気づかなかったのかもしれない。

夜は一度見たから昼も見てみよう、と出かけた二度目のときも、見なかった。飛行機が飛ぶと教えてくれる人もいなかったし（不動産屋は「ここに住むと飛行機が毎日見られるんですよ。運が良くて目も良ければ、飛行機の車輪だって見えるらしいです！」とは言ってくれなかった）、飛行機が飛んでいるか確認すべきだと教えてくれる人もいなかった（誰も「家を見に行くときは水圧、水漏れ、採光、そして飛行機を必ずチェックしてください」とは言ってくれなかった）。金浦《キンポ》市や江西区《カンソ》＊ならその問題について考えただろうが、そこからも外れていた。とにかく、私たちは何も知らずに越してきて、引っ越し初日の夕方、Tと一緒に買い物に出た帰り道に目の前を悠々と飛んでいく飛行機を発見、二人とも同時に目を丸くした。「うわあ、飛行機だ……」

思いがけないところでいきなり飛行機と対面し、その思いがけないところというのがまさに家の前なので、私たちは、生まれて初めて飛行機を見たように不思議な気分になった。おまけに至近距離だからか、かなりの大きさだった。金浦空港に離着陸する飛行機が、この町の上空で高度を変更するらしい。盛り上がったのもつかの間、すぐにTの表情が曇った。私が生活騒音に敏感なほうだからだった。これからの生活が騒々しかったらどうしよう、いやいや、そんなにしょっちゅう飛ぶと思う？　という言葉が終わるか終わらないかとのところで、グオオオオー、飛行機の音がしてまた一機、これ見よがしに向こうの空に現れた。その日、眠りにつくまでに飛行機の音だけで五回はした。

だが、問題はないという確信があった。寝ようとベッドにじっと横になっていて、窓の向こうから飛行機の音がすると、もう心穏やかではいられなくなった。この音が好きだと、はっきりわかった。その手の音がある。防音という概念がほとんど存在しなかった前の家は、たまに上の家、下の家の会話内容がそっくりそのまま聞こえてくるほどで、よく神経をピリピリさせ

＊　ソウル特別市の西部に位置し、金浦国際空港がある。

ていたのだが、不思議なことに下の家の犬の吠える声だけは平気だった。よその家から抗議されるくらい結構な鳴き声で頻繁に吠えていたのに、である。好きな音というのは、騒音になりえないのだった。それでも心配が収まらなかったのか、何日かするとTがまた、本当に大丈夫？　と訊いてきた。

「うん、なんか、外にいきなり昔の職場が現れた感じで、それがちょっとうれしいし、いい感じ」

そうなのだった。二十代のある時期、飛行機は私の職場だった。外国の航空会社の客室乗務員として働いていた期間は、私の人生全体からすれば相対的に短かったたし、家の前に現れた飛行機なみにやや唐突な感じだったから、前後の記憶とは切り離されて独立した、言わば別冊付録のように私の中に存在していた。長い間片隅に押し込まれていたその付録は、町で飛行機と出くわすたびに、予測不可能にどこかのページをパアーッと広げた。もっと別のページが読みたくなると、私は飛行機が現れるのを待って窓をパアーッと開け放った。ぼんやり夜空を眺めていると、ある日には、ほんの一瞬すれ違っただけなのに十年以上の時を越えて水面上に浮かんでくる数人の乗客の顔があり（いやはや、お客様、これまでこんなふうに、知らないうちに私のメモリーを消費してたんですか？）、別の日には、あれほどげんなりだった機内食を思い出して満たしようのない飢えを感じた（機内食が食べたくなったら解決の方法はない）。本当に、予測不可能だった。

その年の十月に入った故ソルリさんの訃報による心痛がいまだ消えないうちに、十一月、また一人、大切で惜しい人が去ってゆくのを虚しく見送った。[*2] さまざまな想いに幾度となく襲われ、心がかき乱されていたある夜、頭上を横切る飛行機がめくったのは、私の「初フライト」のページだった。初フライトを目前に控えた、午前四時の私。蒼白になり、怯えていた私。そのページだけは必要な瞬間にまた読み直したくて、いつだったか栞を挟んでおいたのだが。あの日がその、必要な瞬間らしかった。

午前四時に蒼白になって怯えていた理由を説明しようとすれば、少し前にさかのぼる必要がある。正式なフライトが始まる前に、数週間の新人訓練があった。最初の三週間、保安訓練をしている時はすべてが順調だった。訓練センターの飛行機の模型で救難訓練を行い、心肺蘇生術やAED(自動体外式除細動器)の使い方を習い、基本的な泳法をはじめとして救命胴衣や救命ボートの使用方法を身につけるといったアクティブな内容が多く、実技試験も多く、出勤は常にジャージだった。飛行機の機種や内部構造、応急処置に必要なあらゆる器具の使用方法と機内の位置など、がんがん暗記して毎日試験を受ける、というのも楽しかった。

問題が生じたのは、保安訓練が終了してサービス訓練が始まってからだった。サービス訓練

＊1　ガールズグループf(x)の元メンバーで、歌手・俳優として活躍。フェミニストとして発言し行動する姿が多くの女性を励ます一方で、生前は女性嫌悪的な誹謗中傷に苦しめられた。
＊2　二〇一九年一一月、ソルリの親友で、ガールズグループKARAの元メンバー、ク・ハラの遺体が自宅で発見された。

の期間はきちんと制服に身を包み、頭から爪の先まで「完璧な客室乗務員」姿で出勤しなければならない。手でするほぼすべてのことに驚くほど才能のない私にとって、陰影メイクもアップヘアも別世界の話だった。保安訓練時にエースとして活躍したのが形無しなくらい、あっという間に同期一の問題児へと転落した。講師たちに毎日のように身なりを注意されるのを哀れに思ったのか、出勤のバスで同期たちがマニキュアを塗ったり化粧直しをしたりしてくれた。だが、アップヘアだけはひたすら自力で解決せざるをえない宿題だった。なんとなくきれいに上げて結ぶだけではダメだった。分け目に沿って「ボリューム」とやらを作らなければならないし、空港の待合室で突然ヘッドバンギングをしたとしても乱れないくらい、きっちり固定しなければならなかった。毎日試験があるせいで誰もが三、四時間睡眠のなか、私は一時間半早く起きて鏡の前に座り、この世に存在していた、とさえ知らなかったU字ピンをあちこちに突き差し、スプレーを噴霧しまくっていたから、一日一日が戦闘だった（まったくもって、乗務員がここまで「着飾り労働」をしなくてもいい時代が早く訪れますように）。

訓練の終盤、誰もがメイクからヘアまで三十分以内で終えられるレベルに達したその段階でも、私には依然としてプラス一時間が必要だった。そしてやってきた、初フライト前日。新入社員に特に厳しいと噂される初フライトだけに激しく緊張し、フライト前のブリーフィングで飛んできそうな質問の準備でがっつり勉強して寝るのが遅くなり、結果、本来起床すべき午前三時を超えて四時に、起きてしまった。時計を目にした瞬間、凍りついた。ヤバい！　一時間消えたなんて。頭、どうするよ？　チーフパーサーの冷たいまなざしと叱責が心臓に突き刺さるようだった。泣きそうな気分で大急ぎでシャワーを浴び、制服に袖を通し、震える手でメイクを始めた。気が焦ってメイクもうまくいかず、時間はむなしく過ぎていった。ヤバい、ヤバい、ヤバい！　地団太を踏んでいると、玄関のチャイムが鳴った。誰だよ、こんな明け方に。小走りに近づいて玄関ドアを開けると、同期四人が立っていた。

「えっ、どしたの？」

「ちょっと、あんた、まだメイクもしてなかったの？」

「こんなことだと思った……。心配だったんだよ。だからあたしたちが来たんじゃない」

みんな、ベッドからそのまま体だけ起こして直行してきたみたいに、パジャマの上にジャンパー一枚を羽織っただけの恰好で、頭もぼさぼさで、顔のあちこちにまだ眠気が貼りついていたが、部屋に入るなり一糸乱れぬ動きでAはコーム、Bはヘアドライヤー、Cはピンとスプレー、Dはブラシを手に取り、ぐるりと私を取り囲んだ。Bは前夜が初フライト、AとDは午前十一時すぎに出発する便で初フライトの予定で、Cは午後の便だった。つまり、みんなもっと寝なければならなかったのに、私の朝のフライトに合わせ、明け方に起き出してきてくれたのだ。昨夜の初フライトでネイルカラーと頭の形、それに質問に対する答えを一つミスして、チーフパーサーに大目玉を食らったBから現場の殺伐ぶりを伝え聞き、同期たちは「明日、ホンビはメイクとヘア、どうするんだろう……完全にボコボコにされるよね？」と、同期一の問題児を自然と思い浮かべないわけにはいかず、どうしてもだまって見ていられず、アラームをセットして寝たのだと言う。

ずっと小さい頃、母に髪の毛を結んだり編んでもらったりしたのを除けば、美容室でもないところで他人にこんなふうにすっかり頭を預けるのは初めてだった。直すのではなく、イチから友人にしてもらうメイクも初めてだった。まだ日の光も射さない、しんとした明け方五時。みんな、目の前のメイクとヘアを完成させることに集中していた。「待って。睫毛ちょっとカールさせるから」とビューラーを持ったDが言えば、ヘア担当の三人がしばらく手を止め、毛先から頭皮に向かって逆毛を立ててボリュームを作っていたAが「ここ、一回だけドライヤー当ててくれる?」と言えば、Bがドライヤーを突き出した。Cがお団子になった髪に目の細かいネットをかぶせ、何かの儀式みたいに東西南北にU字ピンを差し込み、Bが聖水でもふりかけるようにスプレーを噴霧して「できた!」と言い、みんな、手をはたきながら満足げに私の顔と頭を舐めるように見つめていた。完璧だった。身なりも、時間も、そして何より、心も。今日たとえボコボコにされても、どうだっていいと思った。とっくに最高の日だった。前夜用意してあったバッグを手に、キャリーを引きながら外に出ると、友人たちの激励混じりの見送りを背にしてバスへ向かった。

おかげで初フライトは無事終了した。札幌は寒く、離陸時に機体が結構揺れて少し怖かったことを除けば、非常に順調でつつがなく、むしろ取り立てて印象が残っていないくらいだ。そのせいか、家の前の空にだしぬけに現れて、「初フライト」のページをめくってくれた飛行機が行ってしまってからしばらく、さらに何機か飛行機が飛んでいくあいだも、ずっと頭の中をぐるぐる回っていたのは初フライトそのものではなく、あの日の明け方の光景だった。コームが入るたびに引っ張られたり緩んだりしながら動く頭皮、眉毛が両方同じに描けているかを比べるため、左右を行ったり来たりしていた友人の黒目、せわしなく頬を撫でていたブラシの感触、ウィーンウィーンと続くドライヤーの音、空気中に漂うスプレーの香り、キャリーの車輪がセメントの地面を転がるたびに、手に伝わってくる振動、背後に感じる友人のまなざし、ようやく少しずつ白み始める周囲、なぜだか伸びた背筋、そんなもの。

やがてふと気がついた。ひょっとしたらそういうのが、よく言われる「連帯」の感覚じゃないだろうか。ヤバい、と思い、手まで凍りついてまともに動かせない時、どこからか突然現れてくる手のようなもの。その手が、誰かを必要な形につくりあげていく過程のようなもの。背後にあたたかなまなざしをいっぱいに受けて、そっと伸ばす背筋のようなもの。誰かがボコボコにされそうで心配な時、だまっていられないこと。初フライトだが公式的には試験飛行とされる日をそんなふうに乗り越えた数日後、二回目のフライトだが公式的には初フライトとされる日にも、隣に住んでいて、のちの大親友でありルームメイトにもなったJが、明け方から来て心をこめてヘアを作ってくれた。あの仲間でなければ、無事に乗り切れなかった日々。生涯で最も「女子多数」の職場だった飛行機の中で、女性同士が身につけ、学び、分かちあっていた感覚。

最近は飛行機を見るたびに、こんなことを思う。時に疲れ、しんどくても、別の女性たちの手を借りて、または手になって、私たちはずっと空を飛んでいたということについて。去っていく女性の後に残された者たちは、とにかくどこであれ、ずっと飛び続けねばならない。互いの飛行を応援しながら私たちにできるのは、手におえずにへたりこんでしまった瞬間にふと広げられるやさしさの記憶を、互いの心に一つずつ、積み上げていくことかもしれない。今日も飛行機を眺めながら、やさしさを誓った。飛行機が飛んでいく家でよかった。

# あるミニマリストの試練

たまたま家に遊びに来た友人たちが「正体がバレた瞬間に、とっとと逃げなきゃならない国際スパイあたりが住みそうな家」とコメントするぐらい、最低限の荷物のみで十年暮らしていた。一時間以内に、大きなキャリー一個と小さなハンディキャリー一個にすべてかき集めて収められるくらいだった。実際、二十代半ばからの私の人生の軌跡は、国際スパイとやや似ている部分があった。専攻や職業の性格上、与えられた状況にしたがって、あっちの国からこっちの国へと移動しなければならないことがしょっちゅうだったのだ。最初の四年は、長くて八カ月、短かければ五カ月で転々と移り住み（ここで言う「住む」の基準は、「家」と呼べる決まった自分の空間があり、給料を受け取るため新たに作ったその国の銀行口座がある場合である）、七年暮らした香港でも、大学院に通っていた二年半以外は、いつ立ち去るかもしれないという可能性を常に念頭に置いて暮らしていた。そうこうするうちに私の荷物は、多くの航空会社の手荷物基準重量である大きいキャリー二十五キロとハンディキャリー十キロを基準にキープされるようになった。それを超えれば超えたぶん、航空会社にお金を払うというのも嫌だったし、荷物が増えれば増えたぶん、頻繁な荷造りや荷ほどきが面倒になった。

似た境遇の同僚には、いつ去るかわからなくても、とりあえずは住んでいる人のようにあれこれ揃えて生活するのが好き、というタイプのほうが圧倒的に多かった。未来の心配のために今の喜びを諦めないかれらはカッコよく見えたし、真似もしてみたのだが、すぐにわかった。私は、未来に具体的な心配材料（手荷物基準の重さを越えた荷物や、立ち去る時に処分しなければならない荷物）が増えると今の喜びも目減りする人間で、だからそんなふうには暮らせないのだ。心配を受け入れてまで必ずや手元に置きたいものも、特になかった。そうやって十年間、キャリー二個分の世界の中で、三十五キロ未満の重さと一緒に暮らしていた。下着と靴下を除くと服は二十着以上持ったことがなく、靴は革靴からスニーカーまでで五足を越えたことがなく、アイシャドウと口紅は常に最大二種類を順番に使いまわし、装飾品と呼べるものは思い出のある小物数個だけだった。本の場合（本ばかりは、韓国の親元に預けるという「倉庫チャンス*」を使っているが）、重要な数冊以外は立ち去る前に現地に住む人にすっかりあげたし、さらに香港から韓国に戻ってくる時には、論文のために買い込んだ血のごとき資料まですべて処分した。

韓国で、とうとう「定住」なるものが始まってからも、習慣は簡単には変わらなかった。いつもひそかに生活用品の重さを心の中の秤にかけ、想像の中のキャリーに詰めこみ、不要品の登場を警戒していたのだが、結婚が決まって、親元に預けていた本棚三つぶんの本と、それに負けず劣らずの量のTの本、その他の生活用品を新居に収めてから、私の国際スパイとしての人生も終わりとなった。自分でも「不要」の基準があまりに厳しすぎるとわかっていたので（たとえば、靴が五足から七足に増えようものなら、二足を「不要品」とカウントしてしまう、という具合だった）、意識的に「使い道」の範囲を道場破りでもするみたいに一つ、また一つと押し広げていたある日のこと、突如として道場数か所をいっぺんに破られざるを得ない事態が起きた。それも、ミニマリストを憎み、続いて比喩法を憎んでいるに違いないある神が、「お前の心の中で、まだ不要の標準規格さながらに残っているキャリーをぶち壊してやろう！」宣言でもするみたいに、本当にキャリーがぶっ壊れて、だ。

Tと一緒の出張兼旅行を終えて、空港の手荷物受け取りのターンテーブルからキャリーを下ろすと、車輪がついた部分のプレートが割れていた。私と十年間世界を駆けずり回ってきたキャリーではなく（それは、韓国に定住すべく戻ったその日のうちに、もはや自分は任務をまっとうしたといわんばかりに、嘘みたいに壊れた）、友人が結婚祝いにプレゼントしてくれた大型ののので、新婚旅行と今回の出張の、都合二回のアイスランド旅行を共にしていた。翌日すぐ修理

＊　「〇〇チャンス」は、親の財力やコネなど、バックにいる〇〇のおかげで恩恵を得る、という意味の新語。

に出し、それから数日後。時差の調整にあいかわらず失敗して、午後になってからようやく起き出してきた私に、Tがキャリーの消息を伝えてくれた。

「担当者から連絡が来たんだけどね、簡単に直らなそうだから、壊れたキャリーは本社に送って、代わりに新しいヤツを送ってくれるって」

「ほんとに？　無償で？」

「うん」

「うわー、やったね！」

値段が数十万ウォンはする〔十万ウォンは日本円で約一万円〕、「中身を全部足しても、これ一つぶんの値段にはかなわない」と冗談を言っていたキャリーだった。壊れた部分以外にも、あちこちを引き回ったからそこここに引っかき傷もあったし、よく見るとチラッとへこんでいる部分もあったのだが、完全な新品と交換してくれるなんて、ラッキーでないはずがない……と考えたのは私だけだった。Tは担当者に、壊れたキャリーも一緒に送ってもらえるか訊いたが、会社の規定上、それは無理という話だったと言い、「君さえよければ、修理はなかったことにして、そのまま壊れたキャリーだけ送り返してほしいって言おうと思うんだけど」と口にした。ハア？　新品の代わりに？　壊れて使い物にならないのに？（正気か？）　私の疑問は、次第に未来へと拡張し増幅した。じゃあさ、後になって旅行に行きたくなったら？　また新しいキャリー買うの？　追加の出費も出費だけれど、じゃあさ、狭い家に、あのデカいキャリーを二個も置いて暮らそうっての？（正気か？）　いったい、どうして？（正気じゃない！）

「あれ、僕たちの新婚旅行にもついてきたよね？」

「だから？」

「だから？　それで説明になってない？　今回の出張で、君にほぼ一か月、ゴロゴロ引きずられていただけでも思い出がいっぱいからんでるのに、なんと、新婚旅行まで一緒だった子だよ。僕らにとって永遠の記念になるような大事な出来事、人生で絶対に忘れられないはずの瞬間を、共にしてる子なんだって」

続けてTは、新婚旅行の最後のほうでアイスランドからフィンランドに渡った時、航空会社のミスでそのキャリーだけひとりスウェーデンに運ばれたため、二日間ジリジリと待ち、ようやくホテルのロビーで劇的な再会を果たした時のことを語った。少し遅い時間に到着しただけでも、ほのかな星明りの合間を寂寞と静寂が漂うアイスランドの見慣れぬ村で、ただもうキャリーのキャスターが転がる音だけを聞いて歩き続けた時間。テーブルもない狭すぎる部屋に泊まり、キャリーを食卓代わりにテイクアウトの料理をいっぱいに並べ、ウォッカを飲んだ時のことも。Tが語れば語るほど、キャリーと一緒だった一瞬一瞬が鮮明によみがえってきて、せつなさがふくれあがり、私たちの大切な思い出はすべて、あのキャリーにそっくりそのまま詰め込まれているような気がする……はずがなかった、これっぽっちも。思い出は、私たちの頭の中に詰め込まれてるんだってて！　キャリーはただのキャリーでしかないんだってば！　なんで？　そんなこと言ったら、新婚旅行に一緒に行った服靴靴下バッグ帽子時計iPhone iPhone充電器サングラスノート読書灯もぜーんぶ、一生大切にしなきゃならないよね？

……と、ロマンも血も涙もない十年選手のミニマリストの思考回路が作動したが、口には出さなかった。普段から、Tにとって数十万ウォンは決して小さい金額ではなかった。それに、送ってくれるという新品を断れば、私たちの普段の経済観念や行動範囲内で、これほど高価なキャリーを新たに買って使うはずはないことを、Tもちゃんとわかっていた（そして、それがまさに、友人が私たちにあのキャリーをプレゼントしてくれた理由でもあった）。お気に入りのブランドのキャリーを使うチャンスも失い、数十万ウォンをも失うこの対応がどれほど不可解であるかも、ちゃんとわかっていた。にもかかわらず諦められないほど、Tにとって壊れたキャリーは、何物にも代えがたい品だった。その気持ちが伝わるから、Tからそれを奪いたくなかった。不要品も、誰かがこれほど愛したら不要品ではなくなるのだった。いや、そういうのは全部脇に置いても、だ！　Tがあのキャリーをひそかに「子」と表現した瞬間、話はすでに終わっていたのだ！　いやはや、まあね、別にさ、お金はともかくとして。すぐに旅行に行くわけでもないし、だから、すぐに新しいのを買うこともないし、もともと置いていた場所にキャリーがそのまま戻ってくるんだから、空間の狭さを心配するのも後の話、その時になってからにしよう。

「だね、そうしよう」

私の快諾に、Tは大いに喜んで担当者へ電話をかけた。Tの意図を伝えられた担当者は大いに困惑し、自分の理解が正しいかを重ねて確認したあげく、こんなケースは初めてだと言って、「そうおっしゃるなら……」と言葉尻を濁しながら、壊れたキャリーをまた送り返してくれることになった。脇でそのやりとりを聞きながら、私は猛烈な「賢者タイム」[*1]に襲われていた。ああ、こうやって私史上最高の不用品である上に、サイズまでもがかさばる物を、家に置くことになるんだな。しかも、それが他でもないキャリーとは。その昔、キャリーのサイズぶんの世界で暮らしていた私が、まさにそのキャリーのサイズぶんの不要を引き受けるというこの状況が人生の壮大な冗談みたいに思え、イラつきつつも笑いが出た。

だが、壮大な冗談がもう一つ待ち受けているとは、考えもしなかったってば。次の日、「新婚旅行の思い出がこもった大切な品だから、新品の代わりに壊れたほうをそのまま受け取りたいというお客様のご意向を本社に伝えましたところ、みな大変に感動いたしまして、規定上、本来はよろしくないのですが、お客様のお品物と合わせ、新しい商品もお送りすることといたしました」というメッセージが来たのだ。なにっ？　つまり、それって、大型のキャリー二つが、一緒に送られてくるってこと？　なんてこった。この会社、山の神かなんかなわけ？　これって、『金の斧、銀の斧』か？　Tは本当にありがたいと、選びに選び抜いたギフティコン[*2]

＊1　韓国語では「現実自覚タイム」。一種の興奮状態から覚め、自分の置かれている状況に気づく時間のこと。

を担当者に贈り、そんなふうに、一方ではあたたかくて美しいヒューマンドラマが繰り広げられているのだが、ロマンも血も涙もないのにキャリーは二つ持つことになったミニマリストは、これを喜ぶべきか否か、微妙な気分に襲われたまま頭をかかえた。なんだよ、これ！

しかし、キャリーが二つ届いて、結果的に私は不用品にワンランク寛大になった。Tがあれこれ理由をつけては捨てられずにいる物と（そう、彼にはあまりにも理由が多すぎる！）、昔だったら「不用品」に分類していた、実用的ではないけれど生活を少し楽しくさせてくれるものも、喜んで家に置くようになったのだ。もちろん、十年なじんだ習慣が突然変わるはずはないのであって、頭の中に新たな計算式が入ったおかげである。後になって「あっちゃー」と思ったら、不用品は全部、あの不要なほうのキャリーに突っ込んじゃえばいい、という（この文章が本になったら、Tにこの思惑はバレるんだろうな）。キャリーのサイズぶんの世界から、キャリーのサイズぶんの「不要」の世界へ、本当に移動したのだ。正直、また別の楽しさがあることは否定できない。特に私は、宇宙と仏像がテーマの物を見ると理性を失い、アクセサリーやポスターはもちろんベッドサイドライトだけでも、家には「惑星ランプ」と「薬師如来祈禱ランプ」の二つがある。いくつかのおもちゃを大切にしているし、思い出のこもった酒瓶も集めている。

にもかかわらず、依然として私は、気に入ったほしいノートを見つけても、自動的に家のノートの在庫から計算してしまう人間だ。すでに十分な数があれば、どんなに気に入っても、そのノートを買うのは喜びより負担になる。あるノートを一冊きっちり使いきり、新しいノートが入る余地が生まれた時に買い、そうしてようやく、申し分のない、安定した喜びを手に入れることができる。そのタイミングで例のノートがなくなっていたとしてもだ（なに、縁がなかったってことさ）。iPhone 13が発売される時代に、自分のiPhone 6があいかわらずちゃんとがんばっていることに満足を感じるし、季節ごとの服が二つのクローゼットにきっちり入りきる量におさまって、季節の変わり目に衣替えをしなくてすむのがうれしい。こういう気質はロマンもおしゃれ心もない気がして、不要なものとイチャイチャしながら暮らす楽しさを知らない気がして、不要なものをついには使い出のあるものにかえる誠実な愛が足りない気がして、気には入らないがどうしようもない。あふれかえるよりは少し足りないぐらいで在庫とニーズを合致させるほうが、楽しいんだから。まったくもって、あのキャリーがあるおかげで、とはいえ助かっている。

＊2　ネットやSNSを利用したギフトサービス。相手の電話番号がわかれば、選んだ品物のバーコードを贈ることでプレゼントができる。

# wkw/tk/1996@7′55″/hk.net

就職と同時に赴任先が香港に決まった時、私を知るほとんどの人がとりあえず爆笑した。それは酒をテーマにした本を出した時の反応、あれだけ飲みまくってると思ったら、とうとう本まで書いたか、とも似ていた。あれだけ香港映画を観まくってると思ったら、とうとう香港生活までするか。困ったもんだ、本当に。ウハハハ。

Aだけは少し違っていた。私が香港の企業に願書を出した時点で、すでに首を横に振っていた。

「やっぱり、あんたはジョン・ウーっぽいんだよ。何事も、ちょっとやりすぎなんだ」

それは、Aと私の間で長く続いているロールプレイだった。私たちが出会ったのは、チャウ・シンチーのファンクラブ的なネットコミュニティで、だ。チャウ、シン、チー。チャウ・シンチーという名前をタイピングするだけで、どこか心の奥深くに残っていた二十代の心に灯りがともり、いっせいにキラキラしはじめる気がする。たまに、チャウ・シンチーファンを自認する同世代の誰かが昔を振り返って、「チャウ・シンチーが好き、と言うと、必ず全無視の憂き目にあったこと」について語ったりするが、私には少し不思議だった。一般的にはそうかもしれないが、多少映画好きな人の間で彼は聖域だった。アジアのカルト、アンダードッグの英雄、高尚かどうかは度外視でB級を目指す「ヒップホップな」存在。「大衆の無視」までもが当然「ヒップ」の領域だ。何人かの香港セレブファンだった私が、一番誇らしく上げられる名前でもあった。

　中途半端なのはむしろジョン・ウーやウォン・カーウァイのファンだった。大衆的な人気はもちろんマニアもまた多く、その反作用で無視されたり、からかわれたりしても喜んでいた。あの頃もすでに「マジメさ」は「ヒップ」から脱落する第一条件だったが、遊び心があってクールなチャウ・シンチーに比べると、彼らは別の、過剰なマジメさでいっぱいだった。セリフ、ムード、アングル、音楽など、すべてがあまりにもセンチメンタルだった。ジョン・ウーがあきれるくらい悲壮で、正義感をあふれさせていたとすれば、ウォン・カーウァイはやたらに空虚で孤独だった。ジョン・ウーに対するジョニー・トー、ウォン・カーウァイに対するスタンリー・クワンといった、美しくて堅牢なまた別の世界もあった。Aと私が親しくなったきっかけも、その美しく堅牢な世界を一緒に称賛したことだった（もちろん場所は「千里眼《チョルリアン》」〔韓国でインターネットが普及する以前に盛んだったパソコン通信〕だ）。ジョニー・トーとスタンリー・クワンが監督した映画を、ほぼシーンごとに分析して明け方までさんざん語り合い、やがてどちらともなく、だしぬけに、こっぱずかしい告白をはじめた。

Ａ：でもさ……ジョニー・トーはホント好きなんだけど、正直、愛してるのはジョン・ウーなんだよね……

私：『ルージュ』『地下情』『ロアン・リンユィ』〔いずれもスタンリー・クワン監督作品〕本当にゴロゴロ傑作はあるんだけど、やっぱり、自分の魂にストレートに触れてくるのは、『天使の涙』と『楽園の瑕』〔いずれもウォン・カーウァイ監督作品〕でさ……

「ヒップ」どころか「演歌っぽい」のにも弱いというお互いの好みを確認して、私たちは大笑いした。ただ、そうなんだーとクールにやり過ごしたりせず「じゃあさ、ジョン・ウーとウォン・カーウァイだったらどっちが好き？」とあえて質問するあたり、すでに「ヒップ」のヒの字も残っていなかった。その究極の質問に相当悩んだあげく、私はやっとの思いでジョン・ウーを、Ａはウォン・カーウァイを選び、そこから私たちは、お互いをからかう一種の「ギミック」を共有するに至った。「ジョン・ウー―ウォン・カーウァイ」ゲームの始まりである。Ａはジョン・ウーの、私はウォン・カーウァイのザンネンな点をあげつらってからかい、星をつけるかわりによくバッテンをつけた。彼らのことがそれほどまでに好きなのは、まさにザンネンな部分があるからで、そのゲームは、愛情を確認し心に刻む私たちだけの一種の儀式、一九九〇年代と二〇〇〇年代を記憶する一種の標識、彼らの軌跡をたどりながら三十年の歳月を共に越える最高の方式、だった。

　Aがジョン・ウーにつけたバッテンは、主にデタラメなスタイル、そのスタイルへの過剰な執着から来ていた。たとえば、ジョン・ウーワールドにやたらと鳩が現れ出す以前の映画『男たちの挽歌』の中の、かの有名な「楓林閣大銃撃戦シーン」では、ひとしきり優雅に銃を撃ちまくっていたチョウ・ユンファが、弾が尽きると銃を床に捨て、鉢植えにあらかじめ隠してあった新たな銃を取り出してさらに撃ち続ける。まるでダンスを踊るようなチョウ・ユンファの流麗な身のこなしと、スローモーションが醸し出す美しさも印象的だが、このシーンでの注目ポイントは、まだこの時点まではジョン・ウー映画で弾が尽きることがあった、という事実である。ある時点から、銃撃シーンで決して弾が切れない無限弾倉アクションファンタジーの世界に移行したのだから。さらに十年後、ハリウッド進出を果たして五本目の作品となった戦争映画『ウィンドトーカーズ』では、彼が手掛けたせいでその「無限弾倉銃」が、なんと第二次世界大戦にまで使用されるという、恐ろしい状況を目の当たりにすることになった……。

　銃の話に欠かせないのが二丁拳銃だ。ジョン・ウーがあまりにも愛しすぎ、ほとんどすべての映画に登場させている、アレ。おまけに、西暦二〇八年という時代設定上、絶対に銃が登場しえない映画『レッドクリフ』で、とうとう二丁拳銃に代わって二刀持ちが登場した時、私は両手で顔を覆わなければならなかった。押し寄せる感動、それより先にもれ出す笑い。息を殺していたせいで死ぬところだった。これはこれは、アイスだってサンサンバー〔二本がくっついた棒アイス〕しか召し上がらないお方なんだろうしね。もちろん、Aはバッテンを奮発していた。

また、鳩はどうか。『狼 男たちの挽歌・最終章』で初めて鳩を見た時は、ジョン・ウー映画でこれほど長く、ずっと、鳩を見続けることになるとは夢にも思わなかった。えんえんと……三十年も……。一九九〇年代中盤まで昼夜を問わず彼の映画の中で飛び回り、『フェイス・オフ』と『ミッション：インポッシブル2』にいたってはハリウッドの青空にまで羽ばたいた鳩の群れに、もはや少し諦めの境地になり、その一方で、アメリカで鳩を見たといううれしさも入り混じって、さまざまな思いが交錯した。二〇二〇年代を目前に、ジョン・ウーが一大決心を明かすかのように八〇年代へのこだわりを描いた映画『マンハント 追補』の場合、そもそも映画のポスターに鳩が配置されていて、「監督、本当に一大決心ですね」とチラッとからかうような気分で観始めた。だが、それまでずっと彼の映画で背景にされていた鳩が初めて（！）ドラマのストーリーに直接からむというところに思わず涙ぐんでしまい、動揺した。映画自体は本当に散漫で、いい加減なことこの上なかったが、さほど多くない観客があちらこちらで静かに失笑をもらす程度には、鳩登場シーンは突拍子がなくて面白かった。

私が『マンハント』を観て泣いた話を聞いて、Aは、「やっぱりあんたはジョン・ウーだ！」と、しばらくケタケタ笑ってからかってきたが、ちょっと、考えてみてよ。鳩が、三十年を経てようやく、ようやくストーリーにからんだんだよ！ それと、改めて調べたら、ジョン・ウーってもう……七十を越えてたんだ。七十を越えたジョン・ウーが、『マンハント』にしつこく描こうとしたものは、非常に気恥ずかしい単語だが、一九八〇〜一九九〇年代の「純情」と言ってもいいものだと思う。それが、もはや彼がついていけていない二〇二〇年代の感覚と衝突して時代錯誤的に刻み付けられていたせいで、私にはその映画が不憫に感じられた。ウォン・カーウァイが『グランド・マスター』を発表した時点で、すでにほぼ勝負がついていた私たちのゲーム（当のAは『グランド・マスター』をさほど気に入ってはいなかったが）に最終審判が下された映画でもあった。

いや、待てよ。そう書くと私がAに、つまり、ジョン・ウーがウォン・カーウァイに、いつも一方的に押されていたみたいだが、そうではない。ウォン・カーウァイはゲームがスタートする前から、『ブエノスアイレス』と『花様年華』によって私の「生涯ディスり免除権」をゲットしていたに等しく、だから不利な戦いではあったが、彼は世紀末直前に撮った一本の映画ですでにかなりのバッテンを稼いでおり、したがって、ほぼ同じようなスコアで持ちこたえることはできていた。ウォン・カーウァイは一九九六年、日本のデザイナー、タケオキクチの広告を撮影し、CFバージョンとは別に短編映画も作っているのだが（翌年、ソウル短編映画祭開幕作品として上映された）、カレン・モクと浅野忠信を主人公にした七分五五秒のその映画は、こんなタイトルだった。「wkw/tk/1996@7′55″/hk.net」。うむ、この一本で、それ以上ウォン・カーウァイの話をしなくても十分だろう。なにげない映像情報の羅列を短編のタイトルにしているのと同様に、映画も、なにげないイメージを羅列するやり方でウォン・カーウァイ特有の世紀末的な感受性が爆発していた。IMDb〔映画、テレビ番組などのオンラインデータベース〕のサイトに一行だけ記されたあらすじさえ、あまりにもウォン・カーウァイ的なのだ。

「日本人－中国人カップルが遊んでいて、互いに銃を撃ち合う」

# プーパッポンカレーの喜びと悲しみ

私にとって、プーパッポンカレーは八重桜《キョプポッコ》のようなものだ（こう書くと、なんだか「プ」と「ポ」という文字の形も、花びらが重なって咲く八重桜みたいに思えて、ちょっとうれしい）。プーパッポンカレーを食べるたびに、必ずひとつに重なって浮かぶ二人の人が、あたたかな春に道端で出会う桜と、とてもよく似た存在だからだろう。春の花の多くが、目にするだけでも胸一杯の甘やかさやときめきを伝えてくれるなら、なかでも桜はひときわ甘く、ひときわ胸を弾ませてくれる。今、花を眺めて感じるこの恍惚は、遠い過去のどこかから流れてきたかのよう。甘く浮き立つ感情の輪郭に、いつもひっそりとせつなさがにじんでいる。そんなイメージを呼び起こしてくれる人が、私にはいる。

桜1：喜び

Vは、アメリカで知り合ったタイ人の友だちである。集まりで初めて紹介された時、自分たちがこれほど親しくなるとは、それぞれの国に別れた後も海を越えて何度も会い、二十年あまり連絡を取り続けるようになるとは、想像もしていなかった。Vも私も、誰かに簡単に打ち解けるようなタイプではなかったし、相手がそうであるとお互い一発で見抜き、慎重に線を越えないようにしていたからだ。線を越えたのは私だった。あの時私は、自分を苦しめている悩みを振り払おうと深夜やたらに歩き回って、気がつけばVの家の近くにいた。窓越しに忙しく動き回っているVのシルエットを見たら、急に顔が見たくなって、後先考えずにチャイムを押していた。驚いてドアを開けたVは、何かただならぬ事態が私の中で進行していることをいち早く見抜くと、「夕飯もまだなんでしょ？　ちょうど料理してたところだから、一緒に食べよう」と、食卓を整えてビールを出してきた。

生まれて初めて見た三種類の料理が、ものすごくかぎなれない匂いを漂わせて食卓に置かれた。それまで私は、東南アジアの異国の料理を味わったことがなかった。ベトナムのフォーやインドネシアのミーゴレン、マレーシアのラクサなんかを食べるようになったのは、それから何年か経ってからのことだ。Vが料理を順番に指でさして説明してくれたが、トムヤムクン（最も有名なタイ料理だが、あの頃はそれほど大衆的な料理だと思っていなかった）、ヤムカイダーオ（卵とエビを入れ、タイ風ソースをかけたサラダ）プラー・トッ（タイ風焼き魚）などの料理名がVの口から、タイ語独特の鼻音を交えて転がり出てくるたびに、気分が上向いた。一つひとつ後について発音してみると、生まれて一度も使ったことのないやり方で舌が動いて口蓋に触れる感じ、生まれて一度も出したことのない高さで音が出たり入ったりする感じが新鮮で、ますます気分が上向いた。私の発音をうれしそうな顔で聴き、「うまい、うまい」と言いながらも、「じゃあ、タイでこう注文したら、現地の人に通じる？」と訊くと、きっぱり〝Nope〟と答えるVが好きだった。

その日、私たちは夜を徹して九時間以上語り合った。ちょうどVも精神的にかなりつらい最中で、「だから街まで行って、タイマーケットで食材を山ほど買い込んできたんだ。いつもはこんなに料理して食べないし」と言いつつ、自分の悩みを打ち明けてくれた。だいぶ後になってから、たまにあの日のことを一緒に振り返り、そのたびに、いまだに信じられない、というように首を横に振り合った。ひそやかな胸の内をちょっとやそっとでは他人に明かさない私たちの性格、普段お互いに取っていたよそよそしい態度、人をめったに家には呼ばず、人の家にもめったに行かないという私たちの原則を考えると本当にありえない日で、だからこそ忘れがたい日だった。あまりにも突然の対面である上に、誰も足を踏み入れたことのない雪原に最初の一歩を残すみたいに、誰かの人生に「初めてのタイ料理」と記録される料理を振る舞ったという事実にVはちょっと興奮していたし、私は私で、その非常に異質な料理のせいで、普段自分と大して変わらないと思っていたVが、実は全く違う世界で生きてきた人だということを改めて実感し、と同時に、そんな私たちがなぜここでこんなふうに出会ったんだろうとぼーっとした気分にひたっていて、つまり二人ともすっかり地に足がついていない状態で、社会的なガードがしばし下がっていたのだろう。そんなふうにして、Vは私の人生に入り込んだ。

その日以降、Vの家でちょくちょく出くわすことになったタイ料理の世界は驚きだった。コリアンダーをはじめとした各種香辛料、ナンプラーをはじめとした各種ソース。それらを入れて炒め、揚げ、和えて作ったすべての料理は、私の味蕾が夢見てきた味がそのまま具現されていたようだったし、どれだけ食べても飽きなかった。食べるたびにわくわくして、食べているとあらゆる話が舌の先から次から次へと流れ出た。一晩中食べて、飲んで、話して、一緒に映画やムエタイの動画を見た時間。あの日、こんなことしていいのかな、とやや震える心でチャイムを押した瞬間に開かれた、広大な世界。Vの家のチャイムの前で、私はいつも、ゆるぎない喜びを感じていた。

## 桜2:悲しみ

それから数年後、私は日本で働いていた。予定の赴任期間は七か月だった。職場で唯一の外国人だからと、同僚が何かと気を遣ってくれたおかげで、日本での生活にはすぐに適応した。グループのリーダー格だった彼が、私が浮かないよう、常に細心の注意を払ってくれていたのだ。彼が私に好意を持っていることは、同僚からこっそり彼の気持ちを聞かされなくてもとっくにわかっていた。私も、Kと最初に出会ったその瞬間から、関心を持って見つめていたから。彼は英語、私は日本語が不自由で、交わす会話は外国語会話集に出てくるような通りいっぺんのレベルにとどまっていたが、たまに私に向けられたまなざしを目にすれば、手にささやかな力がこもる気がした。誰かに愛されていることを確信できるまなざしだった。二人を包むある種のときめきや緊張が、少しずつ日常を妨げるレベルになり始めた頃、私は、当時も週に一度の割合でメッセージのやりとりをしていたVにSOSを出した。

私、本当に好きな人ができたんだけど、どうしたらいいかわかんないよ！

Vは、Kがどんな人かをとても知りたがった。私もやはり、Kがどんな人かをVに正確に伝えたくてうずうずしていた。正確に説明するのが難しいタイプだった。目鼻立ちがハッキリしすぎて濃い顔、一九七〇～八〇年代の韓国の「二枚目」風で、そこに低音の声が重なったややクドいタイプだった。本人も自分がそうだとよくわかっていて、若干オーバー気味のジェスチャーで「濃い男」を自然に演じ、しょっちゅうみんなを笑わせていた。苦手に思えたり重く感じられたりすることのない愉快でソフトなクドさは、魅力として人にアピール可能なことを、Kの姿ではじめて知った。

問題は、その「クドさ」の微妙なニュアンスを英語で伝えづらいことだった。Vが「cheesy」と言う単語を出したが、私はその単語に含まれる「イタい」というニュアンスが嫌だったし、かといって「oily」では、あまりにもテカテカしすぎな気がした。そういう言葉の壁にぶち当たったとき私がしょっちゅう使う手が、似た性質の何かになぞらえて遠回しに説明する、という方法だった。別に比喩法を使いたいわけではないが、語彙が足りないなら仕方がない。そして私は、ついにVが一発でわかる比喩を探しあてた。

「あった！ Kはプーパッポンカレータイプだ。チジーでもオイリーでもなく、『プーパッポンカリーly！』」

プーパッポンカレーの、塩がきいてピリッと辛いベースに混じったココナッツミルクの濃厚さを私がどれほど愛しているか、Vはわかっていた。その甘く、香ばしく、やわらかなクドさがどれほど特別なものかを私よりずっとよくわかっていたから「プーパッポンカレーみたいな完璧な人間が、それも男が、この世にいるだと？」と、非常に的を得た疑問を呈しながら、私の言葉を丸ごと理解した。あの日、Kの話ばかり一時間以上していたと思う。長い話の合間合間に、Kって人、すごくいい、いい、いい、と聴いていたVだったが、最後のほうで私が「じゃあ、Kともう少し真剣に付き合ってみようかな？」と訊くと、きっぱり言った。Nope。

「あんたはもうすぐいなくなる人なんでしょ。何か月かして本社に戻ったら、その後は？遠距離恋愛？ 同じアジア圏ならともかく、完全に時差のあるところで、二人は意思疎通だってうまくできないのに……それに、あんたの性格に長距離恋愛は無理だって、絶対に。ミスター・プーパッポンは放っておこう。あんたが日本に定住するのでないならね」

ある日突然告白してきたKの前で途方にくれたのは、必ずしもVの助言のせいばかりではなかった。「つきあいたい」という意味の英語表現がわからずに、かといって日本語で言っても私がわからないのは明らかだったから、Kの言葉は彼らしくない、短くてストレートなものだった。I want to be your boyfriend.

その時点で、私にはもう答えが準備できていた。「付き合ってはいけない」という答え。もちろん、私も彼を本当に好きだった。先週より今週、昨日より今日、さっきより今、ずんずん好きだった。付き合っては「いけない」と誓ったのは、誓わなければならないくらい、つきあいたいということだから。だが、Vの言葉は正しかった。私の心を取り出して、広げてみせたような言葉だった。誰よりも自分自身が一番よくわかっていたのに、必死に聞かないようにしていた、心の声。私は三か月経ったら去らなければならないのであって、どう頭をひねっても、私に予定された未来は、日本の地を離れられないであろう彼の未来と重なりようがなかった。予定された路線を逸脱して冒険するには、その予定を作るまでに傾けてきた努力、その予定が作り出してくれる安定のほうを私は愛しすぎていた。こんな気持ちで、未来を約束できない深い関係を結びたくなかった。

途方に暮れた最大の理由は、いざこんな話を全部日本語で説明しようとして、冒頭から言葉に詰まったためだった。約束？　関係？　約束できない関係？　日本語では、一体何？

そういう言葉の壁にぶち当たったとき私がしょっちゅう使うまた別の手が、簡単な単語を組み合わせてある例えを作り、それで遠回しに説明する、というものだった。やはり比喩法を使いたいわけではなかったし、果たして比喩がうまく伝わるか不安だったが、仕方がない。震える声で、慎重に言葉を選んだ。

「えっと、私は最近、電子レンジがなくて、すごく不便です。もちろん、今からでも買えばいいけど、三か月後に日本からいなくなるのに、その三か月を幸せでいたいからって、どうせ捨てていかなきゃいけない、高くて、大きな物は持ちたくない。だから、一番必要なものなのに、買えない。ちょっと我慢するほうが、いいと思ってる。うん……だから、あなたは私にとって、電子レンジみたいなんです。一緒にいたら、三か月間とても幸せだと思うけど、結局、残していかなきゃならないし……それは、とてもつらいことだと思う」

下手な日本語でそんなようなことを言うには言ったが、正確に言えていたかは今でもわからない。Kの顔に、わかったようなわからないような表情が浮かんでいた。理解する時間が必要だったのか、しばらく立ちつくした後で、彼はただ「わかった」と言って背を向けた。昼の休憩時間がほとんど終わりかけていた。午後の仕事をどんな気分でやり終えたのか、覚えていない。

その日の夕方、誰かが寮にやって来てドアをノックした。開けると、立っていたのはＫだった。箱から出したばかりの、透明のビニールがかかった電子レンジを抱えて。

「後で、僕に置いていけばいいから……三か月でも、幸せでいてほしくて」

差し出された電子レンジをうっかり受け取ったものの、やや混乱した。言葉の続きを待ったが、ずっと待っていたが、彼はそのまましばらく立っていると、「重そう」と言って、電子レンジを私の手から奪って床に下ろし、帰ろうとした。彼をつかまえて訊きたいことで頭はいっぱいなのに、いざ言葉として口から出てきたのは、ありがとう、ちゃんと使うね、また明日、という言葉だけだった。

Ｋの本心を伝え聞いたのは数日後。職場の同僚でもあるＫのルームメイトからだった。Ｋは、私が彼の告白への答えを避け（だから、彼は拒まれたと考えた）、電子レンジがどうこうと別の話ばかりを続けたと（彼は、私があまりに戸惑ってごまかしたのだと思った）、酒を山ほど買ってきて失恋を報告したという。うぐぐ。だと思った。なんか、誤解されてる気がしたんだよなあ。ルームメイトを通じてでも事実を正そうかと思ったが、やめておいた。Ｋはすでに電子レンジを買っていたし、Ｋとの短い恋はしないほうがいいという私の答えは変わらなかったから。そんな人の気も知らずにルームメイトは、Ｋを四年以上見てきたけどアイツは今までで一番本気だ、すごく真剣だ、もう一度考え直すのは無理かと、おそるおそる訊いてきた。うぐぐ。だと思った。まさに、それが問題なんだって……あまりに本気で、真剣すぎること。軽かったら、私も軽くなれただろうか。

それから、電子レンジを使うたびに思った。実はKが電子レンジを抱えて現れたあの日の夕方、あの五分にもならない短い時間に、私は彼が「三か月間電子レンジがあれば幸せなんだから、三か月間、僕らも一緒に幸せになりたい」と、付き合おうと、もう一度言ってくれるかもしれないと期待していた。待っていた、その言葉を。そうしよう、いいよ、うれしい、と答えなければと心に決めて。万が一私の説明がもう少しうまかったら、私の比喩がうまく伝わっていたら、つまり、彼が比喩は比喩として受け止めた上でそういう言葉を口にしていたら、私たちはどうなっていたのだろうか？　電子レンジのおかげで楽をすればするほど、あらかじめ諦めてしまっていた私たちの特別な三か月のことをしきりに考えた。そんなふうにして三か月が二か月になり、二か月が一週間になるまで考えてばかりいるうちに、日本での生活は終わりを迎えた。電子レンジの前で、私はいつも、静かな悲しみを感じていた。

# ひょっとして、これは私のソウルフード

最初の出会いを、ひときわ鮮烈に覚えている食べ物がある。六、七歳くらいでレンコンの煮物を初めて食べた時、あのぺしゃんこになった車輪のように不吉な見た目や、サクサクしていながらべとつく味がなんとなく気持ち悪く、何度も噛めずに吐き出したとか（今でもレンコンの煮物は苦手だ）、母親が初めてカップラーメンを作ってくれた時の、お湯を注いでほんの数分で、目の前にあんなにおいしい物が完成することに驚異を感じたとか（今でもカップラーメンの驚異は感動モノだ）の記憶。シリアルも、そんなインパクトのある食べ物だ。小学校に入学したての頃だったろうか。広告か何かで見たシリアルの箱が、牛乳と一緒に朝の食卓に置かれているのを目にした時、すぐには信じられなかった。ものすごくほしいけど母親が買ってくれなさそうだからとねだるのをあきらめていたオモチャが、ある日ジャジャーンと現れたのと変わらなかった。あの時の私の顔を見た人がいたら、「目がまん丸だった」と描写したはずだ。

言うまでもなく、おいしかった。少し深さのある皿になみなみと牛乳を注ぎ、その上にシリアルをふり入れてスタートする三段階のプロセスすべてが気に入った。少し牛乳がしみつつもサクサクしたシリアルをもぐもぐ噛んで食べる第一段階を過ぎて、牛乳をすっかり吸ってしっとりしたシリアルをすくって食べる大好きな第二段階を経て（この時代から、「酢豚はソースかける派*」の萌芽が見られた）、シリアルの種類によって香ばしかったり甘かったりする牛乳をごくごくと飲み干す最終段階まで、とても満足だった。何より、「うっわ、朝からお菓子食べてるよ！」という感じが、私をウキウキワクワクさせてくれた。普段だまって許可してはもらえないお菓子を、許可を出さない張本人の母のほうから、おやつでもなく朝「ごはん」というポジションを与えて食べなさいと出してくるなんて、いやあ、これってどうよ。この大きなラッキーには一見して裏がありそうだったから、私は、シリアルが猛烈に好きという気持ちを母に悟られないよう、かなり気を遣った。これが「お菓子」であるという事実を母に気づかれてはいけない。厳然たる朝「ごはん」であると、引き続き思ってもらわなくては。そんな焦りがあった気がする。

　相手は気にしてもいないのに、一人であれこれ頭をめぐらせるそんな隠密頭脳ゲーム（満七歳の子どもには、それなりに難易度が高かった）は結構長く続いたが、化学添加物だの砂糖含有量だのという栄養学的な概念がまったくないちびっ子の目でもうっすらわかっていたことに、母が気が付かなかったはずがない。今でこそ、より健康志向のシリアルがあふれかえっているが、八〇年代の末だったあの頃、市中に出回っているシリアルを、母が心底「栄養豊富な健康食」と信じていたとは思えなかった。母も、ただそう信じたかっただけなんじゃないだろうか？　残業帰りの翌日も早起きをし、火の前で何かを煮て、炒めて、まな板で何かを切って、刻んでという必要もなく、シリアルの広告がささやく通り、手軽で体にもいい一食となってくれる食べ物であると。少なくとも牛乳ぐらいは飲むことになるから、いいにはいいのだろうと。どうかシリアルが、当時いつも疲れきっていた母にも、数分間の甘い朝寝坊や、わずかに息をつける時間をプレゼントしたものであってほしい。母は一食をラクできるし、私は一食をお菓子ですませられるし、二人のどちらにも、メリットが多い朝だったと思いたい。

それから数年後、世の中に「生食《センシク》（粉末の青汁のようなもの）」という存在が現れて、シリアルはすぐにわが家から退場になった（そのことだけ見ても、母が内心シリアルをどう思っていたかわかる）。生食！　水に溶かした土の粉を飲むような、ザリザリした食感からしてもう、好きにはなれなかった食べ物。シリアルが備えていた手軽さはそのままに、多少不足していた健全さを補った完璧な朝ごはんの出現に、母は大変喜んだ。まずい以外に異議を唱える余地のない生食の盤石ぶりを前にして、私は、シリアルが二度とわが家の食卓に上らないことを直感した。わが家だけではなかった。小さな町の母親ネットワークというのは恐ろしいもので、他の友だちの家でも、

＊　韓国式の酢豚は、揚げた肉とあんかけのソースが別々に出される。ソースをかけるかディップ風につけて食べるかは、各自のこだわりがある。

シリアルに生食がとってかわる出来事が連鎖的に発生した。生食、この無慈悲なシリアル（serial）－シリアル（cereal）キラー〔serial killer 連続殺人者〕。そんなふうにしてシリアルは突然現れ、突然去っていった。

シリアルは、いまだにやや切なくて格別の食べ物だ。シリアルを楽しく食べていた時期はちょうど幼年期と重なるから、ますますもって。ひたすら子どもで、人生の憂鬱な裏側みたいなものはよくわからずに世の中のすべてを総天然色で受け入れ、生き生きと仔馬のように駆け回っていた、人生のごく短い季節。生きていくことがあまりにも複雑で苦しく思え、幼さからあふれ出る無邪気な力が必要な日には、牛乳にシリアルをふり入れる。その一皿に、私の子ども時代がつまっている。今やもう、その気になればいつでもお菓子を食べられる成人だけれど、シリアルを食べるときばかりは子どもの心に戻って、「うっわ、朝からお菓子食べてるよ！」と声を上げ、ウキウキして玄関を出るのだ。そんな日は、だいたい大丈夫でいられる。

# あとで会おうね、オンラインで

もはや、私にも受け入れるべき時が来たらしい。一部の知人を中心に、静かに広がりつつあるアレ、例の、「オンライン飲み会」。やや状況が好転していた時期でも、よほどのことでない限り、ソーシャル・ディスタンスをとろうとしてあらゆる酒の席を断っていた。そんな私に、何人かの友達が代案としてオンライン飲み会を提案してくれていたのだが、非対面での飲み会のどこがそんなに面白いだろうと思ったし、気まずく、じれったくなりそうだし、何もそこまで……という感じもあって、やはり遠慮していた。

が、状況の展開を見ていると、友達と飲みたければもう本当にオンライン以外、当面答えはなさそうだった。何より、会えないあいだに恋しさが積もり積もって飽和状態になっていた。韓国に住んでいなかった時期でさえ、今よりもっと友達と会っていたはずだ。そう、もう受け入れよう。時代の流れに従おう。

初めてのオンライン飲み会は、大親友でオンライン飲み会の大先輩でもあるHとすることにした。いつものテレビ電話とは違って、いざ飲み会だと思うと、そう決定した瞬間から結構心が弾んだ。スケジューラーを開いて時間を調整し、約束を交わす段階からすでにウキウキしていたし（一体いつ以来さ！）、何の酒を飲もうかと選ぶのにもワクワクした。当日午前に交わしたHとのやりとりにも胸がつまった。約束と関係のない別件について少し話し、特に考えもせずに「じゃ、あとで会おうね！」とメッセージを送ると、立て続けにこんな返信がかえってきたのだ。

ああ、その言葉、うれしすぎる……

本当、久しぶりに聞くなあ。

あとで、会おうね。

「会おう」って言葉、近頃は「そのうちに」とか「状況が落ち着いたら」とかの不確実な条件つきで使うことが多かったから。

言われてみればそうだった。「あとで会おう」という言葉が、本当に貴い時代になったのだ。そんなふうにじわじわと胸を高ぶらせつつ各自の時間を過ごして、私たちはついに約束通り「あとで会った」。Hは自分の仕事部屋、私は自分の部屋から。少しでも本格的な飲み会の雰囲気に近づけたくて、出前アプリでワインバーから注文したワインを一本、それにチーズの盛り合わせもあらかじめ机の上に用意した。

やはりお酒やおつまみをあれこれ用意していたHのにこにこ顔が画面いっぱいに現れると、部屋の明度が一瞬で上がった気がした。はじめのうちこそ、心弾む一方で「何もここまで……」というぎこちない気分がうっすら残っていたが、画面越しにHとグラスをぶつけ、音のない静かな乾杯をすると、驚くくらいすべてがうれしくなった。いつもオンラインでは会議ばかりだったから、その名残で冒頭はやや会議くさかった雰囲気も、相次ぐカンパ〜イとともにたちまち飲み会モードになった。

非対面の酒の席がそんなに盛り上がるか？　と思っていたことが恥ずかしくなるほど話に花が咲き、Hはすぐに焼酎のビール割りに移行、私のワインボトルも急速に空いた。積もり積もった話を一つずつ吐き出しながら画面だけに集中していると、双方の顔にだんだんと酔いが回っていくのがいつにもましてよくわかる。そして、二人とも気分よく酔っ払った状態で、飲み会は終了した。

別れの挨拶とともにHが画面から消え、直後に感じるある種の時差、じゃなくて空間差に、しばし呆然とした。なんだろう。お互い自分が払うと言ってきかずに軽い言い合いになり、店を後にして一緒に歩き、別れ、地下鉄に乗って家に到着というゆるやかなプロセスもなく、自分の部屋に一瞬で空間移動したような感じ？　ざわざわした飲み会会場から、突然さみしい場所に飛び出たような感じ？　ほろ酔いかげんでふわふわしていた状態から、たった一度のクリックでお開きというのはやや問答無用の感じがあった。モニター周辺に漂っている、寂しさ交じりの唖然とした気分ごとノートパソコンを閉じるところまでして、オンライン飲み会は完成するらしかった。

こうして、リモート飲酒の世界へ足を踏み入れた。非対面でおつまみと酒を注文し、非対面で飲食する、リモート飲酒ワールド。会えないと思っていた友人と一緒に楽しめる、安全で楽しい方法が見つかったことはうれしいが、うーん、よくわからない。最近私は、ある種の分裂した感情に支配されている。コロナ時代に合わせて生活様式を一つ変えるたび、環境の変化にちゃんと適応できたという安堵感、つづいて、そうせざるをえないことからくる、胸が疼くような不安に襲われるのだ。この二律背反的な、居心地悪い感情のズレもまた、しっかりと抱えて暮らすべきなんだろう。

来週は、今年まだ会えないでいた別の友達と、オンライン飲み会をする予定だ。二人ともリモート飲酒の経験が浅いから、気まずくなったらどうしようと若干心配ではあるが、画面越しにグラスをぶつけて静かな乾杯をした瞬間、きっとすべてが平気になるはず。その日の朝が来たら、必ずこう伝えよう。「あとで会おうね！」

# コーヒーと酒、コロナ時代のスポーツ

『とにかく、酒』という本を書いた人間がわざわざ言うことではないが、残忍この上ない神が現れて、これからの一生、酒とコーヒーのどちらか一つしか飲めない呪いをかけるから選べと言われたら、私は悩みもせずに（とはいえ多少は涙ぐみつつ）コーヒーを選ぶと思う。断酒する自信はあるが、コーヒーなしで生きる自信はない。今年だけでもそうだ。半月近く酒を飲まなかったことはあるが、コーヒーを抜いた日は一日もない。家に酒がないことはあっても、コーヒー豆を切らしたことはやはりない。

朝はコーヒー豆を挽くことから始まる。最近は、複数の友達からちょうど同じ時期にたくさんいい豆をもらったおかげで、三種類の中からその日の気分に合わせて選べるという コーヒー長者の日々だ。酸味がある爽やかなコーヒーが飲みたいときには、シカゴのコーヒーブランド「インテリゲンチャ（INTELLIGENTSIA）」の豆にする。名前を意訳すると「学のある人」という点がややウケるポイントで、コーヒーの味にチラッと混じったスモモの香りが、口の中に入るとゴボウの香りに急変するのもコミカルな、楽しいコーヒーだ。特に目立った味のない、ソフトでずっしりとしたコーヒーが必要な時は、コロナ禍が始まるギリギリ前にオーストリアから国境を越えてやってきた、由緒正しい（なんと一八七六年オープン）「カフェ・ツェントラル」の豆、苦味が恋しいときは「illy」の豆を手に取る。選んだものをハンドミルに入れて静かに挽いていると、砂利を踏むような音とともに、一日の車輪がゆっくり動き出す気がする。こんなふうにコーヒーを淹れて飲む時間があまりにも好きすぎて、コーヒーを飲むために一日を始めているんじゃないかと思う時もある。確かに、ただコーヒー飲みたさにスポーツを再開したんだから、一理《イリー》もない話ではないだろう。

二〇二〇年の二月から二か月以上、何の運動もしていなかった。この五年、サッカーと、サッカーをもっとうまくやるための補助運動として、簡単なウェイトトレーニングとヨガを交互にしていたが、そのルーティーンがコロナで完全にふっとんでしまった。三か月前の友人HJの結婚式から今まで、ポッドキャストの番組の収録が一回、インタビュー一回、飲み会一回を除いて、職場の同僚と家族以外、誰にも会わないほどコロナに注意しているくらいで、どこで何をしてしてきたかわからない二十二人の身体がぶつかりあい、汗がまじりあうサッカーは、コロナが終息するまで到底無理と諦めた。空気中に漂う飛沫が、エアコンの風の還流で遠くまで拡散されうるという研究結果を聞いてからは、夏にジムやヨガスクールのような室内に出かける自信まで失って、それまで続けてきたスポーツは選択肢から消えてしまった。

　スポーツをしなければしないなりの気楽さは別途あるから、それに浸ってだらだら過ごしていたある日のこと、突然コーヒーが、スポーツをして、すっかり汗まみれで帰ってきて、シャワーを浴びた後に飲む爽やかなデカフェコーヒー（カフェインを除去したコーヒー）が、猛烈に飲みたくなった。そのコーヒーはどこに行っても手に入らない。それが飲みたくなるくらい、ただもう激しくスポーツをしてはじめて、この世に存在しうるコーヒーだった。成分が同じでも、普通に飲んでいるときとは味の次元が違うコーヒー。何日かずっとその味が頭から離れなかった時に、ソウル市の無人自転車レンタルサービス「タルンイ」が目に入り、とうとうマスクをしたまま「タルンイ」を自転車のステーションから取り出してサイクリングに出かけるに至った。九年ぶりの自転車、十七年ぶりのサイクリング。三十分を過ぎたあたりで私は戸惑いはじめた。自転車って、もともとこんなに楽しかったっけ？　なんでこれまで、あまり面白くないって思い込んでたんだ？　自転車の面白さに目いっぱい鼓舞された私は、初サイクリングで一気に十六キロを駆け抜けた。返却時間さえなければもっと走っていたかもしれない。家に帰ってもちろんコーヒーを飲んだ。二か月と二週間ぶりに飲んだ「スポーツ後のコーヒー」は、絶品だった。どんな最高級の豆にも、最高のバリスタにも勝てない味だ。ましてやデカフェなのに。

　その美味なるコーヒーを、ここ最近は毎晩飲んでいる。あの日以来、毎日自転車に乗るようになったからだ。コーヒーの苦味を味わいたいばっかりに、自転車のうま味まで知ってしまった。先日はTと、中古のミニスプリンター〔小径のスポーツタイプの自転車〕とミニベロ〔折りたたみ自転車〕を一台ずつ購入した。自転車は「自転車本体の長さ＋自転車間の安全距離」ぶんのソーシャル・ディスタンスが取れる点で、コロナ時代に最適のスポーツだと思う。まもなく猛暑が訪れるだろうが、これまでだって猛暑の中で毎度二時間サッカーをしていたんだから、サイクリングも平気でしょ！毎日少しずつ強度を上げ、焼けつくような太ももの痛みを楽しみつつ、年内九十キロのサイクリングを目標に、楽しく自転車を走らせている。たまにはシャワーの後、コーヒーの代わりにTと酒を飲むこともある。それはそれで楽しい。「一日」というレコードに、こっそり収められたボーナストラックのような。

　私にとって酒が人生を彩ってくれる形容詞なら、コーヒーは人生を動かしてくれる動詞である。豆を挽けば一日が始まり、ペダルを踏みこめばどこへでも出かけることができ、デカフェコーヒーを飲めば一日が終わる。形容詞は大事だが、動詞は不可欠だ。旅行でも同じだった。オーロラを見た圧倒的な瞬間や、流氷に囲まれる夢のような一瞬には、常に一、二杯の酒がそばにあって、きらびやかな光を添えてくれていた。でも、そんな瞬間の陰には、毎朝直面する異国のなじみのない空気を少しだけ和らげ、親密な何かに変え、その日一日の冒険をじっくりと計画させてくれる、一、二杯のコーヒーが存在した。どんなにひどい一日を過ごしても、朝に飲むおいしいコーヒーのことを思うと、ともかく明日をまた生きてみようとかすかな期待が生まれた。あいかわらずひどい一日を過ごしていても、夕方の自転車の後に飲む絶品コーヒーのことを思えば、そんなに惨めな日ばかりじゃないような、ささやかな慰めが生まれる。今日もこうしてなんとか豆を挽けている限り、私は、大丈夫なはず。

そんなわけで、残忍なことこの上ない神の前で、酒とコーヒーのどちらか一つ、という大一番の質問を前にした私の答えは、やはりコーヒーだ。もちろん、切り札は一枚、計算に入れてある。ウィスキーをベースにした「アイリッシュ・コーヒー」。いくらなんでも神様だって、アイリッシュ・コーヒーはコーヒーじゃないっ、と言い張ることはできないだろうから、私はウィスキーをどぼどぼ入れるつもりである。

# 旬の食べ物をしっかり摂ること

『嫉妬は私の力』（二〇〇二年製作の韓国映画）という映画がある。観ることは観たものの、かなり前のことなので今では内容もおぼろげだが、特にあるワンシーンだけは記憶に残っている。映画には、一人暮らしで仕事と趣味に夢中なため、丁寧な暮らしというものに無関心で、自由奔放で、言ってみれば娘の家に突然押しかけた母親が、ガラガラの冷蔵庫や家のありさまにチッチッと舌打ちをするようなシチュエーションの、まさにその「娘」に一番しっくりくるタイプである三十代女性「パク・ソンヨン」が登場する。ある日、それまで口にしなかったポン菓子を買って一生懸命食べているソンヨンに、男性主人公がいぶかしげな目を向ける。ソンヨンは、なんでもなさそうにポンと、こんな台詞を投げつける。

「ああ、医者に穀物を摂れって言われたから」

わあ。私はその言葉に深く感動した。あんな、最も手抜きの方法で勤勉になれるとは。最も情けない方法で賢明になれるとは。どう転んでも穀物を自炊したり、食堂で外食したりするマメさはないが、そういうさなかにもポン菓子を買い食いするマメさ（と、言えればだが）はあるのだ。スゴい。妙な根性がある。舌を巻いた。今思えば、それは同族に本能的に引き寄せられていたのだろう。十年後の私だって、ちゃんとソンヨンのような三十代になっていたのだから。

この前、あるニュースレターに掲載されていた料理エッセイを読んで、ペンネーム「のりまきの未来」という編集者の「新年にはトックッ〔新年を迎える際に食べる餅入りのスープ〕、秋夕にはソンピョン〔秋夕の時に食べる習わしの餅〕、そして夏至はビール」という主張にとてもうれしくなった。夏至は特に日が長く、退社時刻のあたりもまだ昼みたいに明るいから、＊まるで半休をとってサボったような逸脱気分になる。逸脱に昼酒ほど似合うものはないので、夏至はビール！という水も漏らさぬ論理の緻密な論証に、スタンディングオベーションを送りたくなった。

正しい。夏至はビールだ。少し別な角度からアプローチしてみてもそう。昔から、江原道《カンウォンド》〔韓国北東部に位置する地域。ジャガイモやトウモロコシの名産地としても知られる〕一帯を中心に「夏至はジャガイモを掘る日であり、『麦還暦《ポリファンガプ》』の日である」と（ちょっと秘密の呪文じゃないかと思うような）言い伝えが残るほど、夏至は良質のジャガイモと麦が収穫できるベストシーズン、と同時に、収穫終了間際のタイミングとされ

＊　韓国は日本との時差はないが、西寄りに位置しているため、夏至の頃は夜八時すぎまで明るい。

てきた。夏至を越えると麦の粒は太らずに枯れ、ジャガイモは芽が死んでしまうからだそうで、だから「麦還暦」とセットで「ジャガイモ《カムジャ》還暦《ファンガプ》」とも呼ばれている。その時代に比べればかなり上昇した人間の平均寿命を考えると、今どきは「麦傘寿《さんじゅ》」「ジャガイモ百寿《ももじゅ》」くらいで呼ぶべきだろうが、とにかく夏至は麦とジャガイモの還暦祭りなのだ。なので、夏至に麦から生まれたビールを飲むことは、その日を心に刻む素晴らしいやり方である。ビールを飲む大義名分がこれほど明確に、美風良俗的にまで掲げられた日が他にあるだろうか。

　もちろん、ジャガイモはハズせない。先に触れた言い伝えにもあるように、祖先は夏至をジャガイモを食べる日と決めていたし、「冬至＝小豆粥」ほど有名な公式ではないにせよ、周囲にも「夏至＝ジャガイモ」に忠実に従って、夏至になるたびジャガイモのジョンを焼いたり、カムジャタン〔豚の背骨とジャガイモを煮込んだ鍋料理〕を作って食べたりする「夏至スト」〔論理王「のりまきの未来」さんの造語〕〔ファシストとかけた言いまわしで「夏至大好き」の意〕が数人いる。料理の趣味がまったくない私としては夢のまた夢だが、それでも今年の夏至は、夏至ストだった古《いにしえ》の賢人の精神を受け継ぎ、感心にもジャガイモをしっかり摂った。もちろん、ポン菓子ストのパク・ソンヨンの精神を受け継ぐことも忘れなかった。つまり？　そう、ビールにはポテトチップスでしょ！

　待った待った。呆れて舌打ちするのはまだ早いぞ。そのポテトチップスはソンヨンのポン菓子より少しレベルが高くて、少し特別なポテトチップスなのだ。楊平《ヤンピョン》〔ソウルから車で一時間ほどの自然豊かな地域〕のある農場で無農薬で栽培されたジャガイモを、収穫したその日のうちに大きな伝統鋳鉄の釜に入れ、キャノーラ油で揚げて作ったもの。揚げたてを即包装して配送するから、これ以上新鮮でサクサクした状態はない。収穫直後のジャガイモでできた、揚げた直後のポテトチップスを、開封した直後に食べる気分はオー・マイ・ガッ、である。

実は、「体にいいポテトチップス」が「体にいいラーメン」「体にいいトッポッキ」くらい好きになれない。健康のために摂る食べ物と、「非・健康」を一時的に受け入れながらも、おいしさを味わいたくて摂取する食べ物のジャンルは、徹底して線引きするほうだ。後者が前者に欲を出せば、どっちつかずの目的のどっちつかずの味になる。ラーメンが「体にいい」と言ったところで、たかが知れているだろう。私たちは、体にいいからトッポッキを食べているわけではないじゃないか。体にいいものは別の食べ物で摂取するから、ラーメンやトッポッキは本分に見合う、刺激的でグルタミン酸ナトリウムたっぷりの味でいてほしいと思う（そのほうが、精神的健康にもいいはず）。

そんな私が、添加物もナシ、特に味付けもされていないこのポテトチップスに熱狂する理由は、ただひたすら味のためだ。薄味というのとは違う、新鮮な淡泊ぶり。油っ気がなくて乾燥しているというのとは違う、サクサクした香ばしさ。一つ問題があるとすれば、防腐剤が入っていないために日持ちしないことだが、一度食べ始めると止まらなくなって、日持ちをさせて食べることもできない（問題解決！）。

このように、夏至あたりに収穫を終えた夏至麦と夏至ジャガイモは「新麦」「新じゃが」という名前で六月末から世間に出回り、夏の間じゅう、旬の食べ物としてのポジションを占める。最も手抜きのやり方で最も勤勉に旬の食べ物を摂る私にとって、夏はクラフトビールと釜揚げポテトチップスの季節だ。たとえ町の工場で作られた袋入りのポテトチップスでも、六月のほくほくした夏至ジャガイモで作られた晩夏~秋の製品がひときわおいしいという記事を見たことがある。袋入りのポテトチップスにも、かすかとはいえ旬があることが驚きじゃないか。

だから余計私は、ビール《メクチュ》とポテト《カムジャ》チップス、縮めて「カム・チップ・メク」も夏の旬の食べ物であるとあえて主張したい。単に「夏だから→爽やかなビール！」「ビールときたら→塩味がきいたポテトチップス！」という単純な図式を越えて、栄養学的、風俗的、味覚的な価値を獲得した旬の食べ物だと。どう転んでもジャガイモを茹でたり、食堂でジャガイモのジョンを注文して食べたりするマメさはないが、そういうさなかにポテトチップスは注文して食べるマメさはある人。麦飯を炊いたり、麦茶を煮だして飲んだりするマメさはないが、そういうさなかにビールはセレクトして飲むマメさはある人。そういう人々のための、旬の食べ物。必ずしも野菜や果物や鮮魚ばかりに旬があるわけでもないはず。少なくともパク・ソンヨンだけは、この考えに同意してくれると信じている。

# ひとつの季節を越えさせてくれた

始まりは、今でも詳細不明のなんらかの社内事情（社内の派閥争いの小さなバタフライ効果、くらいに要約できそうな）のために、とんでもない部署へ異動になったことだった。人事課は、該当分野の基礎的な知識さえなく不安がる私に、最初の二か月は慣れない業務を一つひとつ身に着けていく一種の研修期間だから、プレッシャーは感じなくていいと安心させてくれた。が、新たな部署の新たな直属の上司であるチーム長は、まったく違う考え方だった。最初の一週目から彼は、私を、その部署で進行中のすべての業務をほぼ承知しているn年目のベテラン、というように扱った。はじめて業務名を聞くような仕事をやたらと命じて、たじろぐ気配でも見せようものなら、「なんでいまだにそんなことも知らないんだ」と文句を言いつつ説明するという調子だった。それだけでは足りずに、しょっちゅう徹夜をして独学で業務を覚えなくてはならず、そんなふうにして出した結果物は大体が不完全だったから、よく怒鳴られた。「いったい会社はどういうつもりで、オマエを昇進させてこんな大事なポジションにつけたのか理解できない」という嘆息、「それほどの給料をもらっておいて悪いと思わないのか」というあてこすり、他にも、私の無能さへの非難。

何より耐えがたかったのは彼の目つきだった。彼はいつも私を、ひどく使えないお荷物な人間でも見るように眺め、時間が経つにつれて、その目つきはどんどん私の目の中にもとりこまれていった。気がつけば自分でも自分を、そんなふうに眺めはじめていた。その時わかった。そうやって「誰かにとってお荷物になる、つまらない存在」と毎日毎日決めつけられていると、ある瞬間から「誰かにとって」という文字がそっと消え、単なる「お荷物になる、つまらない存在」としての自分だけが残るのだと。私にさえも私は、お荷物のつまらない人間だった。これほどつまらないことはなかった。

会社のことで頭がいっぱいだったために、会社の外の人生でも、その都度抜ききれなかった日常の雑草がぼうぼうに伸びてジャングル状態になり、ジャングルの掟というのもまた、同じように冷酷で厳しかった。役所に行って手続きをしなければならない用事を先送りして、後々とんでもないことになったし、毎度見逃す友人たちからのメッセージや電話は心の借りになって積もり、季節の衣替えもできず、あいかわらず冬のままのクローゼットを開けるたびに、冷たい風に吹きつけられたみたいに憂鬱になった。特に、異動してからすっかり会う回数が減り、そのせいでほぼ毎週喧嘩をしていた恋人からのきつい中傷は、自分で自分を憎悪することに拍車をかけた。こっちは何日もまともに眠れていないのに、一晩中電話をしたいとか、どこかへ遊びに行こうとか、薄情な提案をしてくる恋人をなだめるのに疲れきったたし、君は人を寂しく惨めにさせる、いつも恋愛より仕事を優先させる、一生、絶対、恋愛なんかしちゃダメな人間だ、みたいな言葉を聞かされるごとに、人を愛する資格まで失ったような気がした。いつも優先させていると言われる仕事でさえ、まともにできていないことが一番骨身に沁みた。

まったくもって、仕事に、恋愛に、生活に、すべてにおいて無能だった。目をやる場所はすべて私に背を向けるばかりだった。それでも、上半期をくぐり抜けるための唯一の原動力であり、生活をもう一度見直して、下半期の会社での業務も事前に準備しておくんだと意気込んでいた夏休みの初日、いきなりエアコンが故障した時には、笑いしか出なかった。天に向かって叫ぼうかと思った。あー、本当にさあ！　もてあそんでるわけ？　ねえってば？

そんな叫びに答えるように、故障したエアコンは私の夏休みをまるで予想しない方向へと導いた。無気力になってぐったりとしながら、ふと、エアコンの前の持ち主である友人Jなら、この状況を解決する簡単な方法を知っているかもしれないと思ったのだ。「やだ、七月に送ったメッセージの返事が八月にきたよ。あんた、ちゃんと生きてたの？」から始まったやりとりは、エアコンについての憂鬱な見通しを経て（「それ、ああだこうだ言ってないで修理の人呼ばなきゃダメだよ。でも、いま申し込んでも二、三日は待つと思うけど？」）、フリーランスのJの家で二泊三日一緒に過ごす、という合理的な解決策に至った（「あっ、うちに避暑においでよ！　アトリエみたいな感じでリフォームしたから、うちマジで仕事がしやすいんだ。久しぶりにオールナイトしよ！」)。

三か月ぶりに会った私に、Ｊはかなり驚いていた。その間に私の体から四キロが消えていたからだ。哀れに思ったのか、最近何も食べられないからと私が止めるのも聞かず、Ｊはその日の夕食を多少意欲的に準備した。その意欲に応えようとしたが、結局胃がもたれ、ひとしきり指に針を刺して血を抜くと、* なすすべもなく横たわった。すまなそうに謝るＪに、こっちのほうがもっと申し訳なくなった。食べることさえ満足にできず、心を尽くしたことを友達に後悔させるなんて。行く先々でチラシみたいに迷惑をバラまいてるんだな、私は。いまや習慣になってしまった自虐と、友人の家に押しかけるなんて余計な真似をしたのではないかという後悔に包まれながら、うっかり眠ってしまい……そこからは、眠りが際限なしに押し寄せてきた。止めようがなかった。伝線したストッキングみたいに。しばらく寝て起きたら昼で、また寝て、起きたら夜だった。もう起きなきゃと心に決めて体を起こしても、Ｊが持ってきてくれたお粥を食べたらまた寝てしまった。ようやく起き出してシャワーを浴び、すっきりした頭でもう一度食卓についたのは、三日目の昼になってからだった。

浴室に入る前からどこか特別具合の悪いところはないかと繰り返しチェックを入れていたＪは、向かい合って食卓に座った後も、ここ数週間で普段と違う身体の症状なんかはなかったか、いつもは何時間寝ているのか、酒量は変わりなしかと、それなりに問診ふうのことを一通り細かく確認して、「じゃ、とりあえずごはん、食べよ！」といきなり立ち上がった。一緒に立ち上がった私の目の前に、ノートパソコンを押し付けながら。

「あんたはだまって座って、まもなく自分の口に入る料理がどれほどすばらしいものか、読んでて！」

画面にはJのブログが立ち上がっていた。ブロガー三年生のJが「料理プロセス画像」を一枚一枚撮影してアップした最新記事のタイトルは「マジでクレイジーなサリコムタン〔コムタンは牛の肉・内臓などを長時間煮込んだスープ〕麺」だった。見慣れた袋ラーメンがチラッと目に入ったその時点でも、まだ私は、市販のインスタントラーメンに追加で野菜やら肉やらをふんだんに入れる料理なのだろうと予想していた。ブログなんかでよく見る、カニや海産物で具沢山にしたり、チャジャン麺に野菜を足したりして卵を落とせば完成の、料理ふうのそういうインスタントラーメン。完全に誤解だった。

プロセス画像は骨から始まっていた。骨？　牛骨？　まさか、直に牛骨から？　そうだった。Jは、牛骨を水に漬けて数時間に一回水を替えることを何度か繰り返すと、十時間にわたって血抜きし、その牛骨をきれいに洗ってさらに二十時間以上、四回にわたって牛骨スープのあく抜きをしていた。なんてこった……いや、これって「ビビン麺〔麺をコチュジャンベースのソースであえるインスタントラーメン〕」を作

＊　韓国の民間療法。胃もたれしたとき、親指の爪のあたりを針で突いて血抜きをすると症状が改善するとされる。

ると言って真っ先に赤い唐辛子の画像から始め、それが乾燥され、粉にされ、コチュジャンに仕込んだ後でソースを作る、みたいなシチュエーションか？　牛骨を初めて煮込んだJが途中戸惑った時間まで含めれば、スープの出来上がりまでにはほぼ二日かかっていた。クレージーだ、マジで。おまけに、ガスの火をつけたまま寝るのが不安だからとタイマーをセットし、寝たかと思えば起きて確認し、また寝たかと思えば確認するという状態だから、Jは二日間、ほとんど寝なかったらしい。クレージーだ……マジで……。

「あたし、ちょっとヤバいよね！　あんた、これ食べたら元気出まくりだよ」

意気揚々としたJの言葉とともに、牛骨スープに市販の麺を合わせたサリコムタン麺が食卓にのぼった。白みがかったスープにさえぎられて、麺がよく見えなかった。いや、その前ににじむ涙にさえぎられてスープもかすんで見えた。今だから言うが、正直、あの日の味はよく覚えていない。代わりに覚えているのは、店の前でへなへなになっていた風船人形が空気を入れられてパンパンにふくらみ立ち上がるみたいに、へたっていた心の片隅がゆっくりと起き上がる、生き生きとした感覚。ひとくち、ふたくちと口に入れるたび、体の中に激しく流れ落ちる熱くて濃厚なスープに、心臓に刺さっていた非難の棘が抜けていく気がした。あちこちの心の隙間に埋めこまれていた自虐と絶望が、溶け出すようだった。スープが流れ込んで涙が流れ出し、自分の目に入り込んでいた鋭い目つきが、洗い落とされるようだった。そんなふうに悪いものが抜け出した場所に、Jのサリコムタン麺が刻み付けたメッセージはこうだ。「あんたは、誰かが二日かけて作った料理を喜んで出したくなるくらい、大切な存在だよ。忘れないで」。つられてぽろぽろ涙を流すJと一緒に泣いたりぐちったりして空けた一杯は、そんなふうに爽やかだった。

Jは、冷ましたスープを一食分ずつ入れたビニールパック十数個も用意してくれた。

「お昼に食べたヤツは粉末スープも入ってたし、別途あたしが味付けしたからおいしかったけど、これだけだと味が薄いんだ。でも、味付けして必ず、全部食べきって。必ずだよ！　ちゃんと食べて仕事して。私が悔しくてムカつかないように！」

その頼みを秋の間じゅう、本当に真面目に守った。メチャクチャだった日常をそこそこ立て直し、食事をきちんととり、特に心が卑屈になった日は、何かの儀式みたいにJの牛骨スープを温めて食べ、そこにこめられたメッセージをかみしめた。人事課に不当な状況を伝えてチーム長との調整を依頼し、結局調整がつかずに元いた部署に戻ってから、次第に自分のペースを取り戻した。運命の奇襲に一瞬ノックダウンしかけていた私を、応援する代わりに責めてばかりいた恋人のことはすっぱり整理した。もちろん、それらすべてが一気にできたわけではない。血を抜くのに長い時間がかかるように。だが、気がつけばある日、つらかった時期は知らず知らずのうちに遠ざかっていた。私は今も、それがJの「マジでクレージーなサリコムタン麵」のおかげだと思っている。決して持てないと思っていた「自分は大切」という感覚と私を、ふたたび結びつけてくれた一食。ある種の食べ物は祈りである。誰かのための。切実な。

## あとがき――コロナ時代の近況と、書かれていないやさしさについて

あたりまえだと思っていたことが決してあたりまえでなかったと確認する時期を、くぐりぬけている最中だ。二年前の今頃は、いつでも女の答えを探しにピッチでサッカーができるし、会社帰りに友達と待ち合わせてとにかく酒を飲みに行けるし、週末、ふと思いついて全国のお祭り自慢を楽しめると、信じて疑わなかった。いや、そう信じていると、わざわざ考えてみたこともなかった。単に、あたりまえのことだったから。今はどうだろう。サッカーをしないでいる十八か月のあいだに、ショートだった髪はすっかりボブを越え、この期間友達と外で飲んだ回数は二十回にも満たない。全国のお祭りは、私の意志と関係なく中止になったり、オンラインでそっと始まって終わったりしていた。

そこに会社までが在宅勤務になったから、外で誰かと「一緒に」過ごす時間は多くない。もともと内向的な上に「引きこもり力」では誰にも引けを取らないので、そんな制約が嫌という

わけではなかったが、人によって気になる範囲というのは違い、多少オーバーなくらいソーシャル・ディスタンスをとる理由（主治医からの度重なる注意の言葉を借りれば「キム・ホンビさんみたいに基礎疾患のある患者さんはコロナが致命的な結果になりかねませんから、特に注意してください」）をいちいち説明し言い訳する場面が頻繁にあるのも、少しつらかった。味噌の仕込みかなんかをしていたらすぐに飛び出してきて、一緒によいしょ、よいしょとやるタイプからすると、私みたいにウジ虫怖さに仕込みができない人はもどかしいだろうし*、（会社での仕事と関係がある場合）プロらしく見えないこともわかっているが、ウジ虫は本来、味噌より死者の体を好むのだという事実を、「致命的な結果」が何を意味するかしょっちゅう反芻して恐れていた身としては、片時も頭から消し去ることはできなかった。「会おう」というありふれた提案一つにさえ計算をめぐらさなければならないことが多く、その計算に死の恐怖が入りこむと、すべての答えがたちまちゼロになった。他の人みんなには問題なくても、私にだけできないことのリストは増えていった。そんなふうに、恐怖が大小さまざまの無能力に置き換えられていくのを、いつも手をこまねいて見ていなければならなかった。

　そういうたび、「私は無能力なんであって、無気力にまでなるもんかっ！」とムダに声を張り上げ、「リングコン」を両手に握りしめる。「リングコン」とは、フィットネスゲーム「リングフィット アドベンチャー」で使われる、直径三十センチほどの弾力のあるサークル状の道具だ。

実のところ私は、筋肉トレーニングの重要性はわかっていても、楽しさはわかっていない人間だった。サッカーのように、走る＋ボールを蹴る＋ボールさばき、といったいくつかの動きが複合的に組み合わされ、「ゴール」という目標のもと、さまざまな起承転結が繰り広げられて、自然に体ができていくスポーツに比べると、ひたすら筋肉のみを育てるためにさまざまな要素を排除し、まさしく該当の筋肉に必要な動作だけ、まるで、シンプルに注射でも打つみたいにして反復的に注入する筋肉トレーニングは、なんだろう、前戯も後戯もない、挿入だけのセックスみたいな感じだろうか。薄情なほどに実用的、うんざりするほどの潤いのなさだった。個人トレーニングは、受けているその時はピカピカした気分になるが、一人ではなかなか続かなかった。そんな私が、純粋にゲーム機にかけたお金がもったいなくて（高価な防音マットまで買った！）トレーニングの強度を最大値にし、リングコンを引っ張ってスクワットをしてプランクをして一〇四時間ゲームを続けた結果、生まれて初めて十一字腹筋を手に入れ、太ももが一・二倍固く太くなり、自転車で仁川《インチョン》の海辺まで軽々と行けるようになった。ちょっとずつ変わっていく身体を見ながら、非常にじわじわ、ゆっくりとしているだけで、筋肉トレーニン

＊ 韓国のことわざに「ウジを怖がっていては味噌は作れない」（リスクを冒さなければ成果は得られないこと。「虎穴に入らずんば虎児を得ず」と同じ意味）がある。

グにもそれなりの起承転結があることに気がついた。このトレーニングが私の基礎疾患力を相殺はしてくれないだろうが（だけど、ほんの少しぐらいはそうなって……）、無気力が筋肉にかわる喜び程度は、明らかに教えてもらったと思う。コロナが私に残してくれた、数少ない癒しである。

もう一つの癒しは、「机の前に出勤」に続いて「机の後ろに退勤」した後、（コロナでなければ主に飲み屋であったはずの）別の場所に寄り道もせず、じっくり腰を据えてこの本を書いたり直したりできたことだ。一冊の本を書き終えると最後にすることがある。主に枚数の関係でこぼれ落ちたエピソードを、別途簡単なメモにして残す、いわば「アフターノート」を作ることで、昨日ついにその作業になった。だが、全部書き出してみると、今回のメモはいつもと少しだけ違っていた。書けなかったエピソードに代わって、書かなかったエピソードが集まったのだ。似ているようだが、この二つは微妙に、しかし確実に違う。

決まったテーマがなくて今回は何を書こうと悩むたび、記憶の上のほうでゆらゆらして、いますぐ文章にされ紙の上へと流れ出すのを待ちわびているエピソードがあった。だったらそれをそのまま書けばよさそうなものなのだが、問題はパターンが似かよっていることだった。整理するとこんな感じだ。「何かの理由で、私がただならぬ困難な時を過ごしている　↓　それを知った、あるいは知らない他者が、大小さまざまのやさしい気持ちをくれる　↓　そのやさしい気持ちが、何かのかたちで私を立ち上がらせてくれる」。時期もばらばら、関わる人も、起きる出来事も、細部のディティールもすべて違うのに、全体的な流れは間違いなくその構図から抜け出していないから、一冊の本の中に似たパターンが繰り返される気がして、いくつかを残し、後はそっくりアフターノートにした。

つまり、人生で起きるありとあらゆる出来事の中で、私が最も強力に心をつかまれるのは、結局のところやさしさパターン、やさしさが私を救ってくれる物語だったのだ。何かを書こうとすれば我先にと飛び出してきて、そのいくつかだけ選ばなければならないほどに。書いている最中は、あまりにもありがちなパターンに間違いなくやられる、自分の確固たる一貫性に首を横に振ったりもしていたのだが、昨日、ノートに集まった「書かなかった物語」をしずかに振り返っていたら、なんだか胸がつまった。あたりまえだと思っていた日常が決してあたりまえでなかったように、あまりにもありきたりだと思っていたパターンの物語は、決してありきたりではなかった。一つひとつ、それぞれのやり方で、個別だった。ありきたりのやさしさなどなかった。アフターノートに別途切り離されてはいるが、実はそれらの物語は、すでにこの本の中にも入り込んでいる。それぞれのやさしさから得た、ささやかで大切な感情がひとつになって、世間を眺めるまなざしに温度を与え、私が何かを発見する時、居心地悪く感じる時、応援したくなる時、ためらう時、猛烈に好きになり極度に嫌う時、とにかくそういう時の拠りどころとなっていた。

へたりこみたくなるたび、「私は無能力なんであって、無気力にまでなるもんかっ！」とむやみに声を張り上げられるのだって、刻まれたやさしさが、自分で自分を愛することを簡単には諦めないよう支えてくれているからだ。同じようなパターンを繰り返すことで得られるのは、筋肉だけではなかった。やさしさのパターンは心の握力もつくりだす。だから、この本のタイトルは「多情所感」にした。「多情多感〔韓国語では「思いやりが深い」ことを示す四字熟語〕」を、ふざけてもじっている感じもいいけれど、最終的にすべての文章が、やさしさへの所感、ささいな感想、やさしさから得られた小さくて大切な感情の総合のような気がするから。私の人生に出現してくれた、やさしさパターンのデザイナーたちに、無限の感謝と愛を贈る。デザインにもともと才能のない私にもやさしい部分があるとすれば、それはすべて、その人たちのやさしさを反芻し、真似しながら、お粗末なパターンを作ってきたおかげだ。

編集者であり友人のソ・ヒョインには「まったくもって」感謝している。彼は私が「まったくもって」をどんな瞬間に使うか、私より先に気づいた人間だ。彼と一緒に三冊の本を作ることができた幸運をよく考える。最初に会った時からひたすらリラックスさせられ、ただもう心強く、人みしり期間をすっ飛ばさせてくれたイ・ジョンミ代表にも深謝する。喜んで長い原稿を読み、丁寧にタイトルリストまで作ってくれたイ・スヒョン、チョン・ウンジン、ファン・

スンウォン、突然の質問にも常に真摯に、一緒に悩んでくれたキム・テヒョン、ミカン、ユン・ガウン、ウン・モドゥン、リング フィット アドベンチャーの世界に思いきり背を押してくれたユン・チャンホ、イ・イェジに、大きな愛を伝えたい。今年、心の中で最も多く祈った願い事の一つ、長年の大切なオンライン仲間、Rさんの全快と平穏を、あらためて祈る。先日、突然の大手術を受けたKがすこやかであることも、合わせて祈りたい。いちいち名前を挙げないが、いつの時よりも友人の心遣いと理解と愛を糧にした時間だった。この時期を無事乗り越えさせてくれた友人たちに、泣きたいくらい感謝している。その存在だけでもすでに心強くさせてくれる家族、私の生涯の相棒、パク・テハにも。

そして、本書をお読みくださったみなさんにも感謝を捧げたい。「読者」というのは私にとって、あいかわらずとても不思議な存在だが、気がつけば読者のみなさんと共有するやさしさが生まれ、それが、私を立ち上がらせ、文章を書かせてくれている。この本自体が、そうしたやさしさへの所感になるはず。一つひとつのオリジナルなやさしさを胸に刻み、引き続き一生懸命、パターンを作っていきたい。

二〇二一年九月

キム・ホンビ

## 訳者あとがき

本書は、『女の答えはピッチにある――女子サッカーが私に教えてくれたこと』（拙訳、白水社）で〈サッカー本大賞２０２１〉を受賞したキム・ホンビが、二〇二一年のまさにコロナ禍に発表した最新エッセイ『多情所感（다정소감）』の全訳である。

これまで韓国で刊行した三作が、女子サッカーを通した気づき（『女の答えはピッチにある』）や酒浸りになる喜び（『とにかく、酒』未邦訳）、不思議で愉快な祭りから読みとく韓国らしさ（『全国お祭り自慢――不思議で本気なK-お祭り探検記』※パートナーのパク・テハ氏と共著、未邦訳）と、いずれもニッチでディープな世界をテーマにしていたのに対して、本書でとりあげているエピソードの間口は広い。幼年期の思い出から、初めての職場での女性たちとの連帯、SNSに感じた違和感や食べ物にまつわる記憶、そしてコロナ禍で休止せざるを得なくなった女子サッカーのことまで。ユーモラスな文体のなかに独特の視点が光り、あいかわらず楽しいエッセイばかりだが、その一方で、ときどきぐっと胸をしめつけられる瞬間がある。

この一冊には、泣きたくなるような「やさしさ」が、つまっているからだ。

＊

韓国発のエッセイは、いま日本でも人気を集めている。題材も、分野も、書き手も多種多様。だが、一つだけ共通項を挙げるとすれば、いずれの作品も、書き手の人生と読み手の人生とのあいだに対話が生まれるという点だろう。

書き手の感性がキャッチしたさまざまなことは、読む側を刺激する。自分の人生と引き比べて、時には「ああ、そういうことが自分にもあった」と共感を抱いたり、あるいは、「おお、そういう見方もできるな」と目を開かれたり。書き手の人生が、読んでいる側の生活に流れこんでくる。

そんな対話を意識するかのように、本書でキム・ホンビは自らの人生の断面をさらけ出している。『女の答えはピッチにある』をお読みいただいた方はご存じかと思うが、前作で彼女は、自身の個人情報にかかわる部分には非常に慎重な姿勢を見せていた。「キム・ホンビ」というペンネームはサッカーファンを自認するイギリスの作家、ニック・ホーンビィからとられた、もちろん偽名だし、所属のサッカーチームの名前も秘密、著者のプロフィール写真も非公開で、その徹底ぶりが、作品にどこかファンタジーのような寓話性も加味していたように思う。

だが、本書で明かされるエピソードの数々から浮かんでくるのは、リアルな人生をなんとか誠実に、自分らしく歩みたいと願う女性の、等身大の姿だ。ワーキングマザーの母親を気遣う子どもだった彼女は、小五から高二まで七年連続で、ある種仕方なくクラス委員長を引き受け、二十代は香港映画にハマって友達と深夜までパソコン通信で語り合い、それが高じて香港暮らしを経験する……etc。

社会人一年生となった最初の職場が航空業界で、職種が客室乗務員だった過去も、オープンにされている。そこでぶつかった挫折や、出会った友情とともに。

三十代になってから女子サッカーに挑戦するぐらいだから、著者の運動神経は折り紙付きである。新人訓練で心肺蘇生術を学んだり、救命ボートを使ったりはお手の物、同期の中でもエースの地位を確立する。だが、サービス訓練になったとたんに落第生へと転落してしまう。着飾りがまったくの苦手なのだ。「空港の待合室で突然ヘッドバンギングをしたとしても乱れないくらい」固定されたアップヘアなんて夢のまた夢。おまけに、肝心の初フライトの日は朝寝坊をしてしまい、もはやこれまでと落ち込む。そんな時、早朝にもかかわらず彼女の部屋を訪ねてくるのが、落第生のキム・ホンビの初フライトを心配した、同期の女性たちだ。

まだ日の光も射さない、しんとした明け方五時。みんな、目の前のメイクとヘアを完成させることに集中していた。「待って。睫毛ちょっとカールさせるから」とビューラーを持ったDが言えば、ヘア担当の三人がしばらく手を止め、毛先から頭皮に向かって逆毛を立てボリュームを作っていたAが「ここ、一回だけドライヤー当ててくれる？」と言えば、Bがドライヤーを突き出した。Cがお団子になった髪に目の細かいネットをかぶせ、何かの儀式みたいに東西南北にU字ピンを差し込み、Bが聖水でもふりかけるようにスプレーを噴霧して「できた！」

と言い、みんな、手をはたきながら満足げに私の顔と頭を舐めるように見つめていた。完璧だった。身なりも、時間も、そして何より、心も。今日たとえボコボコにされても、どうだっていいと思った。とっくに最高の日だった。

（一三二ページ）

新人客室乗務員時代のこうしたエピソードは、将来を期待されていた女性芸能人たちが、ミソジニーのなか次々と他界していくことと絡めて語られる。もうだめだと思う手前で、差し出される手、贈られたやさしさが、実は人生の支えになりうること。読む側は著者の経験をきっかけにして、自分の人生にもあったかもしれないやさしさの記憶をたどることになる。

と、こんなふうに書くと、いわゆる「ちょっといい話」のエッセイ集に聞こえるかもしれないが、そこはユニークかつ鋭い洞察力を秘めたキム・ホンビのこと。やさしさが失われた世界へのまなざしも忘れない。

ＳＮＳでのやりとりは、時に相手への想像力を奪う。匿名性を傘にきて、特定の個人や集団に向けられるマウンティングや言葉の暴力。また女性たちは、戦うことを教えられないままに、男性を思わせる偽名を使うという匿名性にすがって自分の身を守らざるを得ない。多数派が一方的に決めつける「普通」や「正常」は、少数者の存在を容赦なく排除する。そして、コロナ禍。「人と距離をとること」が推奨される社会にあって、やさしさがどんどん置き去りにされる場面も登場する。

二〇二一年に韓国で発表された本書は、刊行直後から大きな話題を呼んだ。一年間で二万五千部を売り上げ、嫌悪や憤怒の時代のキーワードは「やさしさ」であると、複数のメディアが本書を紹介している。韓国の大手オンライン書店アラジンが二〇二一年のクリスマスに合わせて作家四三人と書店員十四人に〈一番贈りたい本〉を質問した企画展では、最も多くの作家が本書を推している。読者レビューには「コロナ時代のつらさを慰められた」「冷えきっていた心を、ぬくもりで満たしてもらえた」と、謝辞のようなレビューが続く。本書が歓迎されたことは、それだけ人々が孤立し、心を凍えさせていたことの証左ともいえるだろう。

原書では、作家と詩人の二人が推薦のことばを寄せている。一部を引用したい。

> 作家キム・ホンビは私の友達だ。当人はそれをまったく知らない。私たちは、一度も顔を合わせたことのない間柄だから。読者には私が何を言いたいかわかるだろう。この人の文章を読むと、親しくなりたくなり、親しい気がして、結局友達になってしまうことを。
>
> （ベストセラーエッセイ『子どもという世界』の著者、キム・ソヨン）

> はっきりしているのは、作家の多感〔韓国語で「心」の繊細さ〕が多情〔韓国語で「やさしさ」〕を作り出したということだ。やさしさを感じた人は、やさしさを感じさせることも、できるから。大きな笑い声を出せる人

が、最も豪快に宣言できるように。あるいは、一人で泣き息を殺した時間が、遠くに聞こえるかすかな泣き声にも耳を傾けさせてくれるように。

（詩人　パク・ジュン）

韓国語には漢字表記にすると日本語のそれと同じになる四字熟語が少なくない。「多情多感」もその一つだ。日本語の辞書では「感情豊かで物事を感じやすい」とされているが、韓国語での「多情多感」は、繊細さに加えて「情にもろい、思いやりが深い」というニュアンスも含まれている。タイトルは、この四字熟語をもじったものだ。本書でキム・ホンビは、これまで出会ったやさしさ（多情）と、そこから生まれた気づきや思うところ（所感）を、誠実につづっている。

＊

韓国のエッセイは書き手の人生と読み手の人生の対話が持ち味であると書いた。著者の作品を翻訳し、日本に紹介するという作業のなかで、まさにキム・ホンビの人生を垣間見るようなやさしさエピソードを、せっかくなので一つだけ、ご紹介しておきたい。

「日本の読者のみなさんへ」に書かれているように、前作『女の答えはピッチにある――女子サッカーが私に教えてくれたこと』は日本で〈サッカー本大賞２０２１〉を受賞し、著者はオンラインで授賞式に参加することになった。式次第やオンライン参加のためのブラウザーの設定など、いろいろと細かい打ち合わせが必要だったこと、何より、著者の受賞コメントを翻訳することになっていたために、訳者が直接彼女にメールをして準備をすることになった。

それまでも、日韓双方の版元をはさんだやりとりで、著者のあたたかな人柄には触れていた。とはいえ一度も顔を合わせたことのない相手である。最初にメールを送信した時は緊張した。そして、送ってから三日経っても五日経っても一週間経っても返信がなくて震えた。とうとう授賞式の前々日、「メールをご確認いただけましたか」と再度メールし、別のメールアドレスからも送信し、さらには韓国の担当編集者から転送もしてもらった。おそらく、著者の元には似たようなメールが複数届いていたはずだった。

授賞式は四月九日だったが、待ちに待った返信は四月八日午前二時五十分に到着した。迷惑メールに振り分けられていた私のメールにようやく気付いたものの、会社員でもある彼女は勤務中で、おまけにその日は残業もあり、残業の後にはラジオの深夜番組の収録もあり、午前三時近くになってから、取るものも取らずの返信だった。本当に遅くなってしまって。最初にもらっていたメールの日付が二十五日なんて、どれだけお待たせしたことだろう、いろんなかたちで何通も送ってくださった気持ちを思うと、本当に申し訳なくて、どうしてもっと早く迷惑メールを確認しなかったのか。とにかく、これから受賞コメントを書きますね。どうぞ、夢を見る間もないくらい深くおやすみください！　とあった。

次に返信が来たのは四時四十六分。受賞コメントがword文書で添付されていた。書き出しは「また……私です」。朝になる前に受賞コメントが送信できてよかった、何かあったら遠慮なく指摘してほしい、という内容だった。さらに三分後の四時四十九分に、三通目のメール。「また……私です……」で始まるそのメールは、以前word文書を添付したら文字化けして相手を困らせたことを思い出したと、メールに直接受賞コメントが貼ってあった。結局、彼女は夜を明かしていた。

翌朝、受信トレイの差出人の欄に並んだ三行の「キム・ホンビ」を見て、私はすっかりじーんとしてしまった。ようやく長い一日が終わってくたくただったろうに、帰宅するなりまずメールの到着を私に知らせ、謝罪し、寝ずに受賞コメントを作成し、送信し、さらには、文字化けしてこちらが読めない可能性にまで思いをめぐらせて、再度メールを打ち。私がぐっすり眠っているあいだに、誰かが翌日の私を気にかけ、困らないようにと先回りして動いてくれるありがたさ。

喜ぶより先に、胸が熱くなって泣きたくなるようなやさしさがある。キム・ホンビの作品を翻訳できたことは光栄だったが、キム・ホンビという人と出会えたことも幸運だったと、思わず顔がほころんだことを覚えている。

原書の表紙は、黄色のベースに、ニコちゃんマークのように目と口が黒い線で描かれている。だがニコニコはしていない。そっとほほえむような口元だ。その口元を隠すように、白い帯が巻かれている。まるでマスクをしているみたいに。

このコロナ禍の数年、私たちはマスクを着け、人を遠ざけて過ごしていた。相手が本当はどんな表情をしていて、どんな思いを抱いているかは想像するしかなく、ともすれば想像することを放棄していた。見えないから不安になり、疑心暗鬼になるこの時代に、キム・ホンビは本書を通じて、やさしさを信じてみようと語りかけている。マスクを外した顔には実は、ほほえみが浮かんでいるかもしれないよ、と。

少し寂しいとき、孤立していると感じたとき、おしゃべりで涙もろい友達がほしいと思ったとき、どうか、この一冊を手に取ってみてほしい。

＊

最後に翻訳上のおことわりをお伝えしておきたい。韓国では日常的に数え年が使用されているが、本書では韓国の伝統行事や風俗にかかわる内容もあるため、原文通り数え年のまま訳出した。ご了承いただきたい。

前作に続き編集を担当してくださった白水社の杉本貴美代さん、訳文をチェックしてくださった白水社の堀田真さん、田中恵美さん、すんみさん、鄭真愛さん、ありがとうございました。

また、さきほど原書の表紙について少し触れたが、日本語版の表紙はイラストレーターの木下ようすけさんが描き下ろしてくださった。美しい水がめを背負い、色とりどりの想いを抱えながら、砂漠を進んでゆく女性。彼女の歩みが作り出すのは池だ。そこでは魚が楽しげに泳ぎ、花がほころび、緑が広がる気配が感じられる。そう、やさしさはオアシスなのである。著者が言う通り、やさしさの表現は一つ一つオリジナルであることをつくづく実感した。この場を借りてお礼を申し上げたい。

二〇二三年　初春

小山内園子

小山内園子（おさない　そのこ）
1969年生まれ。東北大学教育学部卒業。NHK報道局ディレクターを経て、延世大学などで韓国語を学ぶ。訳書に、キム・ホンビ『女の答えはピッチにある——女子サッカーが私に教えてくれたこと』（白水社）、カン・ファギル『大丈夫な人』（白水社）、『別の人』（エトセトラブックス）、ク・ビョンモ『破果』（岩波書店）、『四隣人の食卓』（書肆侃侃房）、イ・ヒョン『ペイント』（イースト・プレス）など。共訳に、イ・ミンギョン『私たちにはことばが必要だ』、『失われた賃金を求めて』『脱コルセット：到来した想像』（タバブックス）、チョ・ナムジュ『彼女の名前は』（筑摩書房）などがある。

多情所感　やさしさが置き去りにされた時代に

2023年2月10日　印刷
2023年3月5日　発行

著者　キム・ホンビ
訳者　©小山内園子
発行者　岩堀雅己
発行所　株式会社白水社
〒101-0052
東京都千代田区神田小川町3-24
電話　営業部　03-3291-7811
　　　編集部　03-3291-7821
振替　00190-5-33228
www.hakusuisha.co.jp
印刷所　株式会社理想社
製本所　誠製本株式会社

乱丁・落丁本は、送料小社負担にてお取り替えいたします。
ISBN978-4-560-09480-8
Printed in Japan